KB068895

트리니티 레볼루션
Trinity Revolution

트리니티 레볼루션
Trinity
Revolution 6

초판 1쇄 인쇄일 2018년 8월 22일 ｜ **초판 1쇄 발행일** 2018년 8월 27일

지은이 임경주 ｜ **펴낸이** 곽동현 ｜ **담당편집 팀장** 이범수
편집부 홍현주 정요한

펴낸곳 (주)조은세상 ｜ **출판등록** 제 2002-23호
주소 경기도 연천군 미산면 청정로 1355
TEL 편집부 02)587-2966 ｜ FAX 02)587-2922
e-mail bukdu@comics21c.co.kr

임경주 ⓒ 2018
ISBN 979-11-89475-02-4 ｜ ISBN 979-11-6171-801-9(set) ｜ 값 8,000원

임경주 현대판타지 장편소설

MODERN FANTASY STORY

트리니티 레볼루션 6
Trinity Revolution

북두

(주)조은세상

임경주 현대판타지 장편소설

MODERN FANTASY STORY

CONTENTS

제47장 이별 … 7

제48장 실수? … 43

제49장 그래도 안 된다면 … 81

제50장 역습 … 113

제51장 경사 … 149

제52장 이게 아닌데 … 165

제53장 인간의 기본적인 가치 … 203

제54장 아들? 딸? … 251

제55장 공판중심주의의 함정 … 277

트리니티 레볼루션
Trinity
Revolution

제47장 이별

공수처가 탄생하기 전, 인수는 유정의 집을 찾아가 서한 철을 만났다.

물론 유정에게는 비밀이었다.

텃밭 앞에서 인수가 흙을 쓰다듬듯 어루만지며 말했다.

이미 모든 것을 알고 있었고, 바로잡을 수 있는 기회라고.

"어떻게 안 거지?"

"저에게는 남들이 상상도 못 하는 특별한 능력이 있습니다. 중요한 것은 잘못된 것들을 바로잡는 것입니다. 유정이 아버님, 부탁드립니다. 박재영 검사님의 마음을 바꾸어 주시길 부탁드립니다."

서한철은 인수의 말에 동의했다.

하지만 때로는 영원히 묻어야 할 것도 있다고 말했다.

"딸에겐 비밀로 해 주게."

"알겠습니다."

"그런데 인제 와서 박 부장이 안다 한들 뭐가 바뀌는 거지?"

"중수부는 폐지됩니다."

"중수부가?"

"네. 지금 두려움에 떨고 있는 여야 인물들이 공수처를 내주고 살아남을 수 있는 유일한 길이기 때문입니다. 여야가 추천해 올리는 공수처장은 명함만 내밀게 될 것이고요."

"그렇다면 박 부장은?"

"총장에 올라야죠."

"……!"

"공수처를 움직여 아버님을 그렇게 버린 대가를 치러야 합니다. 오직 검찰만을 위한다는 생각과 권력욕에 사로잡혀 비뚤어져 있는 것이 안타깝기는 하지만, 이 사건을 깨끗하게 정리할 수 있는 유일한 사람입니다."

"알겠네."

◇ ◆ ◇

"형님. 접니다."

"……!"

어둠 속의 취조실엔 한동안 무거운 침묵만이 흘렀다.

박재영이 현 상황을 인정하고 받아들이기까지 많은 시간
이 흘렀다.

밖에서는 강제라도 중지시켜야 한다며 목소리를 높이는
중이었다.

"말도 안 돼."

"믿지 못하겠죠."

어둠 속에서 서한철이 말하며 몸을 일으켰다.

그가 한 걸음씩 다가갈 때마다, 박재영의 심장은 터질 것
처럼 쿵쾅거렸다.

빠악!

서한철이 주먹으로 박재영의 턱주가리를 날려 버렸다.

박재영은 고개가 휙 돌아간 상태로 정신을 잃을 뻔했
다.

그렇게 고개가 돌아간 상태로 박재영이 말했다.

"맞네."

"개새끼. 형님이라 부르는 것도 마지막이야."

"윤희는……?"

"윤희는 자살했어. 네놈을 위해 개처럼 일한 대가로 나에게 돌아온 건 아내의 자살과 네놈의 배신이었어."

박재영은 오윤희가 서한철이라는 사실을 확실히 깨닫자, 충격에 빠졌다가 서서히 오열하기 시작했다.

"미안하다. 한철아! 내가 잘못했다!"

급기야 박재영은 소리쳐 울부짖었다.

"얼마나 힘들었니? 내가 죽일 놈이다! 내가 죽일 놈이야!"

어둠 속에서 박재영은 괴로움에 몸부림쳤다.

"내가 어떻게 보상해 줄까? 응? 어떻게 하면 날 용서해 주겠니?"

서한철이 조용히 입을 열었다.

"윤희의 복수를 해야지."

"알았다. 다시는 널 배신하지 않겠다!"

"비밀도 지키고."

"그래."

인수가 조명을 작동시켰다. 마이크와 녹음기도 켰다.

목을 부여잡은 서한철이 기어 나오는 목소리로 말했다.

"남편의 복수를 꼭 해 주세요."

"알겠습니다."

박재영이 대답하자, 인수가 윤희를 부축해 밖으로 나왔다.

"뭐야? 어떻게 된 거야?"

"정전이 발생한 것 같습니다."

"정전? 무슨 말도 안 되는 소리를 지껄이고 있는 거야? 무슨 말을 주고받았어?"

그때 밖으로 나오던 박재영이 인수가 하는 말을 들었다.

"박 검사장님은 신약과 무관한 것 같습니다. 더 이상의 조사는 무의미합니다."

"뭐야?"

"남편의 죽음이 헛되지 않게 해 달라고 부탁했습니다."

서한철이 말했다.

"아…… 네."

공수처장은 화를 억누르고 진정해야 했다.

서한철의 아내가 마치 떠올리고 싶지 않은 일을 기억해 낸 듯 힘겨워하고 있었기 때문이다.

그들의 눈에는 오윤희로 보이는 서한철이 인수의 부축을 받아 밖으로 나가려는 그때 한 검사가 물었다.

"부군의 시신은 어디에 있습니까?"

"흐흐흑!"

"이 사람이!"

서한철은 목을 부여잡고는 겨우 말했다.

"놈들에게 한참 협박을 받을 때 들었어요. 남편의 시신이

담긴 드럼통에 시멘트를 채워 인천 앞바다에 내던졌다고
요. 이 나라가…… 모든 것이 다 미워 그냥 조용히 살았습
니다."

"……."

"죄송합니다. 조사에 협조해 주서서 감사드립니다. 이만
돌아가셔도 좋습니다."

공수처장의 귀가 허락을 받은 서한철은 인수의 도움을
받아 밖으로 나갔다.

취조실에서 나와 공수처장을 노려보고 있는 박재영은 완
전히 다른 모습으로 바뀌어 있었다. 두 눈동자에 힘이 빡
들어가 있었다.

"공수처장."

"네?"

"내 모든 힘을 다해 자네를 돕겠네. 이놈들 다 잡아 처넣
자고."

"그, 그게……."

"뭐?"

박재영이 두 눈을 치켜뜨자, 공수처장은 화들짝 놀라 꽁
무니를 내렸다.

"알겠습니다."

다음 날, 공수처장의 보고를 받은 채동진 검찰총장이 자신의 혼외자식을 밝히며 검찰총장직에서 자진 사퇴했다.

그리고 공석이 된 검찰총장 자리에 박재영이 내정되었다. 청문회에서 여야 의원들의 맹공격이 시작되었다. 박재영이 무서워 처음으로 힘을 모아 대검중수부까지 폐지시켰는데, 검찰총장이라니.

청문회를 지켜보는 국민들은 분노했다.

대한민국 역사상 검찰총장이란 직위에 가장 걸맞은 인물을 맹공격하자, 여야 의원들이 실망스럽기 짝이 없었던 것이다.

박재영은 국민들의 성원을 힘입어 철옹성처럼 버티고 이겨 냈다.

그리고 대선을 앞두고 제38대 검찰총장으로 임명되었다.

공수처가 검찰에서 벗어난 독립기관이라지만, 박재영의 영향력에서 벗어날 수는 없었다.

공수처의 칼은 신약과 관련된 72명을 인정사정없이 베어 나가기 시작했다.

그 칼은 이규환 정권이 끝나고 김민국 정권이 들어서고도 계속 진행되었다.

바쁜 시간을 보내던 인수는 세영의 연락을 받고 약속장
소로 나갔다.

두 사람이 만나기로 한 커피전문점은 마치 이별을 위해
마련된 장소라도 되는 것처럼 고요하기만 했다.

그리고 슬픈 예감은 단 한 번도 틀린 적이 없었다.

"그동안 정말 많이 생각했어."

"……."

인수는 세영의 다음 말을 기다렸다. 뭐라고 대꾸를 할 수
가 없었다.

그저 세영의 두 눈을 똑바로 바라볼 뿐이었다.

세영도 애써 웃으며 그 눈을 피하지 않았다.

마음을 단단히 먹고 나온 것이다.

"우린 각자의 길이 따로 있는 것 같아."

인수는 창밖으로 시선을 던졌다.

세영의 말을 더 이상 듣고 싶지가 않았다.

"그만."

"인수야."

"더 듣고 싶지 않아."

내가 지금까지 누구 때문에 이렇게 살아왔는데?

이 말은 차마 꺼내지 못했다. 남들이 보면 쉽게 얻고 쉽
게 살아온 것처럼 보일 것이다.

하지만 인수는 치열하게 노력했고 계획대로 살아왔다.

"너 힘든 거 충분히 이해해. 그러니까 나도 기다리고 있잖아."

"그런 문제가 아니야."

"그럼 뭐가 문젠데?"

인수는 자기도 모르게 언성이 높아졌다는 사실을 뒤늦게 깨달았다.

세영이 입을 꾹 다물어 버렸다.

"뭐가 문제냐고?"

"다음에…… 오늘은 아닌 것 같아. 다음에 얘기하자."

세영은 더 이상 대화가 통하지 않을 것 같아 몸을 일으켰다.

"먼저 가 볼게."

"앉아."

인수가 세영을 노려보았다.

"싫어."

세영이 그 눈을 피하며 가방을 챙기자 인수가 다시 말했다.

"앉으라고."

"그렇게 말하지 마."

세영도 분하다는 표정으로 인수를 노려보았다.

그러자 인수가 벌떡 일어섰다.

"지금까지 몇 달을 기다렸는데 인제 와서 한다는 말이

헤어지자는 거야? 내가 화 안 나게 생겼어?"

"그런 문제가 아니라고 말했잖아!"

"그러니까 뭐가 문제냐고!"

세영이 다시 입을 닫았다.

차마 말할 수 없다는 표정이었다.

"미안해. 일단 앉아. 그만 좀 앉으라고."

선 채로 아이스커피를 들어 빨대로 빨아 마시던 인수는 뭐가 마음에 안 드는지, 뚜껑을 열고는 내용물을 입안에 들이부었다.

와드득, 얼음이 입안에서 부서졌다.

"숨이 막혀."

얼음을 씹어 깨부수던 인수의 입이 멈추었다.

심장이 덜컹하며 무너져 내리는 것만 같았다.

"엄마 때문에?"

세영이 고개를 저었다. 꼭 그것만은 아니라는 듯.

세영은 여전히 자리에 앉을 생각이 없어 보였다.

"세영아, 우리 노력하면 충분히 극복할 수 있어. 시간이 지나면 다 좋아질 거라고."

"인수야."

"응, 말해. 앉아. 일단 앉아서 얘기하자."

인수가 자리에 앉았지만, 세영은 여전히 앉지 않고 서 있었다.

"더 이상 나한테 미안해하지 않아도 돼. 넌 잘못한 거 하나도 없어."

"아냐. 다 내 잘못이야. 널 그렇게 불행하게 만든 건 내가 못나고 부족해서 그랬던 거야. 그래서 나 이렇게 열심히 준비해 왔잖아."

"고마워. 날 위해 노력해 주고 끔찍하게 아껴 줘서."

"앞으로 더 호강시켜 줄 건데, 뭐."

"이미 과분해."

"세영아……."

세영의 두 눈에 그렁그렁 눈물이 맺혔다.

"나도 힘들 거 같아. 너랑 헤어지고 나면……."

덜컹.

이제는 심장이 무너져 내린 것도 모자라, 발아래 떨어져 있는 것만 같았다.

"헤어지긴 왜 헤어져? 너 자꾸 그런 소리하면 나 진짜 화낸다?"

"인수야……."

"너, 우리 딸 민아가 얼마나 예쁜지 모르지? 그 핏덩어리…… 그 작은 아이가 뭐가 죄라고! 난 우리 딸! 민아를 다시 만나야 돼! 그런데 헤어지긴 뭘 헤어져? 말이 되는 소리를 해!"

인수가 계속 소리치자, 세영이 자리에 앉았다.

후, 하며 한숨과 함께 인수를 불러 진정시켰다.

"인수야."

"뭐."

"뭐가 문젠지 정말 모르겠어?"

"뭐가 문제야? 그래, 너라는 녀석은 내가 그때 너무 못나서 그랬는지 날 위해서 스스로 널 희생하고 헌신했어. 이렇게까지 미적지근하게 돌아가지도 않았어! 그때 우리 둘은 만나자마자 서로 불붙어서는 그냥…… 진짜 우리가 얼마나 서로를 아끼고 사랑했는지 넌 모를 거야. 하긴, 그때 봉사 나가서 같이 일하고 그러면 보람도 있고 행복했었지. 넌 나에게 언제나 희망과 용기를 주었고, 세상에 정말 그런 여자 없었지. 지금도 마찬가지고."

인수는 말을 하다 보니, 귀환 전 세영과 나누었던 시간이 떠올라 즐거웠다.

"그런데 뭘 헤어져! 우리 민아 다시 안 만날 거야? 그 천사 같은 우리 딸을?"

"그래……."

인수가 딸의 이름을 계속 언급하자 세영의 표정이 슬퍼졌다.

"뭐야? 표정이 왜 그래? 너 울어?"

세영이 눈가로 흐르는 눈물을 훔치며 말했다.

"인수야, 난 민아를 몰라."

세영이 울먹이던 끝에 결국 울음을 터트리고 말았다.

인수는 멍해졌다. 난 민아를 몰라.

그 말은 곧 알고 싶지 않다는 말로 들렸다.

그 처절한 삶을 직접 겪은 인수와 달리, 세영은 화이트존을 통해 일부분을 경험해 본 것이기에, 서로의 마음은 똑같지 않았던 것이다.

그렇게 멍해져 있던 인수는 세영의 다음 말에 힘이 쭉 빠졌다.

"형사가 다녀갔어."

세영이 울음을 멈추고는 명함을 꺼내어 보여 주었다.

남정우.

"사진을 보여 주더라. 끔찍했어. 아빠를 괴롭혔던 그 사람들……."

세영이 눈물을 훔치고는, 인수를 똑바로 보며 물었다.

"네가 그런 거야?"

젠장.

인수는 아무런 말도 할 수가 없었다.

◇ ◆ ◇

횡 하고 찬바람이 불어왔다.

인수는 이 찬바람이 정말 싫었다. 싫어도 너무 싫었다.

세영이 이별을 통보하고는 자신을 홀로 남겨두고 떠났다.

잡지 않았다. 아니, 잡고 싶지가 않았다.

세영이 남긴 말 때문이었다.

"그놈들은 악인들이야."

"넌 악인이 아니잖아?"

"……!"

한동안 멍하니 앉아만 있다가, 소주가 생각나 밤거리를 걸었다.

이 찬바람이 미치도록 싫었다. 그러다 포장마차를 발견하고는 들어갔다.

내공을 돌리지 않았다. 취하고 싶었다.

'넌 악인이 아니잖아?'

세영의 말이 계속 떠올랐다.

소주를 3병 비운 뒤, 차가운 밤거리를 홀로 걸어 집 앞에 도착했다.

"외롭네."

고개를 들어 불 꺼진 집을 올려다보니 외롭고 고독했다.

신혼집으로 장만한 아파트.

더 좋은 곳도 많았다. 세영을 위해 옥상 전체를 펜트하우스로 꾸며 주고 싶었던 욕심도 겨우 참아 냈다.

사회의 이목보다는 세영이 부담스러워할 것을 염려했기에.

인수는 현관문을 열고는 들어가 불을 켜고는 베란다 앞에 앉아 고독을 씹었다.

"후!"

한강이 훤히 내려다보이는 이곳을 보금자리로 세영과, 그리고 민아와 함께 할 계획이었다.

그런데 이별 통보라니.

"누구 맘대로 헤어져."

인수는 끝났다는 생각을 전혀 하지 않았다.

독한 양주를 병째 들이부었다. 오늘은 정말 취하고 싶다.

전화기가 계속 울려댔다. 엄마의 전화였다.

인수는 화려한 불빛만 바라보았다.

세영의 말이 계속 떠올랐다.

'널 이해하지 못해서 이러는 게 아니야. 난 네가 누군가에게는 부러움의 대상이거나 또 다른 누군가에게는 공포의 대상이 되는 것을 원하지 않아. 그저 모범이 되었으면 좋겠어.'

모범. 모범이라.

'누군가가 날 때린다면…… 넌 그 사람을 죽을 때까지 패 줄 것 같아. 앞으로 그걸 내가 어떻게 지켜봐야 할까? 다른 문제는 다 이겨 낼 수 있어. 어머님? 내가 노력할 수 있어. 부족하고 못마땅해도 어머님 맘에 들기 위해 노력해야 하는 게 맞아. 울 엄마아빠 보고 있으면 속이 상하지만, 시간이 지나면 점차 나아지겠지. 하지만 내가 정말 두려운 건 앞으로 이런 널 지켜봐야 한다는 거야.'

그게 문제였구나.

남부럽지 않은 삶을 살아가게 해 주고 싶었다.

한데 내 마음 속의 증오로 인해 악인들을 처벌하는 방식이 문제가 되어 돌아오고 말았다.

젠장…….

결국에 나란 놈은 처절하게 당하기만 했었던 세 번의 삶으로 인해 삐뚤어져 있었던 것인가.

이런저런 생각을 하며 그렇게 잠이 들었다가 깼을 때는 엄마가 옆에 앉아 있었다.

아침식사를 준비하면서도 집요하게 추궁하는 엄마를 안심시키기는 불가능했다.

그럴 만도 했다.

"그라믄 여적까지 뭐슬 준비했는디? 응? 느그들 시방 결혼하기는 하냐?"

"엄마는 무슨 말을 그렇게 해? 우리가 무슨 소꿉장난해?"

"느그들 하는 짓이 이상하잖아! 너 사실대로 말해. 둘이 뭔 일 있는 거야?"

"뭔 일이 있기는 뭔 일이 있어? 그동안 내가 허벌라게 바빴잖아."

"니가 바쁘믄 갸라도 뭐슬 해야지! 둘이 의논해서 말해준당께 여적 기다리고 있었구만, 시방 이것이 뭐시데?"

김선숙은 양주병을 들고는 소리쳤다. 인수는 끙, 하며 말하지 못했다.

"그라고 세영이 그 가시낭년은 왜 코빼기를 한 번도 안 비춰?"

"거기도 바쁘지."

"뭐? 뭐가 어쩌고 어째? 오메…… 참말로 내가 속 터져 디져불겄네!"

인수가 한숨을 푹 내쉬었다.

"좀 그러지 좀 마요."

"뭐슬 그라지 마!"

"내일 같이 집에 갈게요. 세영이랑 같이 갈 테니까 집에서 얘기합시다."

김선숙은 출근하는 아들의 뒷모습을 지켜보다가 창문을 확 열고는 한숨을 푹푹 내쉬었다.

이거 뭔가가 잘못 돌아가도 한참을 잘못 돌아가고 있었다.

인수가 약속을 했으니 일단은 참기로 했다.

하지만 다음 날 아들은 약속을 지키지 않았다.

김선숙과 박지훈이 쉬쉬했지만, 인혜는 귀신처럼 눈치를
깠다.

"집안 분위기가 왜 이래? 완전 저기압. 오빠 뭔 일 있어?"

"이 총찬한 가시나가! 야, 이년아! 넌 느그 오빠가 뭔 일
있으믄 좋겠냐?"

"누가 그렇데? 참 나, 엄마는 말을 해도. 아, 왜 시비야?"

"시끄러 이년아."

"뭐가 시끄러? 엄마가 더 시끄러."

"이 염병할 년이 진짜!"

김선숙의 두 눈이 홱 뒤집히기 시작했다.

"왜 나한테 신경질이야?"

"누가? 뭐슬!"

김선숙이 주위를 두리번거리더니 소파 밑에 들어가 있는
파리채 손잡이에 시선이 꽂혔다.

"아 좀 비켜 봐요!"

소파에 앉아 있던 박지훈이 화들짝 놀라 다리를 들어 올
렸다. 김선숙이 파리채를 거꾸로 집어 들었다. 인혜는 그
파리채를 보면서도 따졌다.

"엄마가 지금 나한테 성질부리잖아! 내가 뭘 어쨌다고!"

"너 이리 와, 이년아!"

"지금 나 때릴 거야?"

"오냐! 때린다, 때려! 이 미친년아!"

"내가 뭘 어쨌다고! 아! 아파! 엄마 미쳤어?"

인혜는 파리채로 얻어맞으면서도 반항했다. 너무나도 억울했기 때문이었다.

그러다가 그 파리채를 붙잡아 빼앗는 데 성공했다.

"오메, 이 썩을 년! 싸난 년! 시상에 어메한테 한나도 안 지는 거 봐! 시상에, 시상에! 누굴 닮아갖고 저 염병을 할까!"

파리채를 빼앗긴 김선숙이 이제는 손바닥으로 인혜의 어깨를 계속 내리쳤다.

"아프다고! 으앙!"

"후!"

소파에 앉아 있던 박지훈은 두 눈을 감고 한숨만 내쉬고 있을 뿐이었다. 소란도 소란이지만, 불똥이 곧 자신에게도 튈 것 같았다.

"아빠!"

인혜가 울다가 소리쳤다.

"으응?"

"오빠 뭔 일 있지? 엄마 대체 왜 이러는데? 응? 아, 왜 나한테 이러냐고! 내가 무슨 동네북이야?"

"이 염병할 년아 오늘 너 죽고 나 죽자, 이년아!"

"아빠 살려 줘!"

"후!"

박지훈은 나서지 못하고 앉아만 있었다.

인혜가 방으로 도망쳐 문을 닫고는 잠그는 데 성공했다.

"에이, 씨! 진짜!"

잔뜩 짜증이 난 인혜는 이불 속으로 들어갔다가, 갑자기 벌떡 일어서며 이불을 걷어 치웠다.

뭔가 잘못되어도 한참 잘못되었다.

-야, 울 오빠 뭔가 문제 있나봐.-

-……?-

-울 엄마 지금 난리가 아냐.-

-무슨 말이야?-

-아니, 상견례 뒤로 시간이 많이 지났는데 뭔가 이상해도 한참 이상해. 아무리 바빠도 그렇지 결혼 준비를 전혀 안 하고 있는 거 같아.-

수연이 전화를 걸어왔다.

[엄마 뭐라시는데?]

"몰라. 쉬쉬해. 오빠가 양주를 나발 불었다나 어쨌다나."

[왜?]

"나도 그걸 모른다고. 살짝 물어봤다가 파리채로 졸라게 얻어맞았어."

[……]

"암튼, 만만한 게 나야. 나 참 더러워서."

수연은 더 이상 말하지 않았다. 인혜의 다음 말을 기다리는 중이었다.

"뭔가 삐거덕거리고 있는 게 틀림없어. 둘의 애정전선에 문제가 생긴 거라고. 내가 말했잖아? 언니가 상견례 때부터 표정이 안 좋았다고."

[그래도 설마……]

"야, 네가 한번 살짝 전화해 볼래?"

[내가?]

"내가 전화하면 엄마가 시킨 줄 알 거야."

[……]

"뭐 알아내면 바로 전화 줘."

[음…… 뭐 그런 거보다…… 오빠한테 오랜만에 전화 좀 해 볼까? 안 한 지도 오래되어서……]

"오메, 탐탁시럽네."

[아, 그런 거 아니라고!]

"알았어…… 왜 죄다 나한테만 성질이야?"

인혜는 투덜거리며 전화를 끊었다.

◇　◆　◇

인혜와 통화를 끝낸 수연은 전화기를 들고는 방 안을 서성거렸다.

두 사람 사이에 무슨 문제가 생긴 걸까?

내가 나서도 되는 것일까?

이런 고민을 하고 있었지만, 다 집어치우고 지금 당장 인수를 만나고 싶은 수연이었다.

한참을 망설이던 끝에 수연은 용기를 냈다. 숨을 크게 들이마신 뒤, 전화를 걸었다.

신호음이 무척이나 길게 느껴졌다.

'받아라. 받아라. 받아라.'

[어, 수연아.]

그 오랜 기다림 끝에 반갑게 맞아주는 인수의 목소리가 들려온 순간, 수연은 심장이 멈춰 버리는 줄만 알았다.

"여보세요?"

[그래, 수연아. 오랜만이네.]

"네, 오빠."

하마터면 앙탈을 부리는 목소리가 튀어나올 뻔한 것을 겨우 참아 냈다.

[어떻게…… 잘 지내고 있어? 많이 바쁘지? 대한민국에서 제일 바쁜 사람이잖아.]

"아니요? 오빠 저 하나도 안 바빠요. 요즘 섭외 1순위에서 완전히 밀려났거든요."

새빨간 거짓말이었다. 내일도 새벽부터 일정이 빡빡했다.

[천하의 보보가 누구한테 밀려?]

"요즘 신인들 장난 아니거든요? 저는 이제 한물갔어요. 아니, 두 물 세 물 갔어요."

[하하하.]

수연은 인수의 웃음소리가 너무 듣기 좋았다. 마음이 편안해졌다.

"오빠 근데 지금 어디세요?"

[아…… 나 지금 약속 있어서 밖에 나와 있는데…….]

"누구요? 누구 만나요?"

아차. 이런 바보 같으니라고.

속내를 들키지 않으려고 해도 빤히 드러내 보이고 말았다.

[네 언니 될 사람이지 누구겠어. 근데 2시간째 기다리고 있는데 닮은 사람 한 명도 안 나타나네.]

인수가 은근히 못을 박는 것만 같았다. 네 언니 될 사람.

한데, 다음 말은 반가웠다.

2시간째 바람을 맞고 있다니.

"아, 언니 만나기로 했구나. 전 그냥 오랜만에 오빠랑 소주 한잔하려고 했거든요."

[소주?]

수연도 잘 알고 있었다. 인수는 소주 한잔하자고 하면 절대로 거절하지 못한다는 사실을.

"아니에요. 소주는 다음 기회에."

잠시 인수의 숨소리가 들려왔다.

[나올래? 여기 오산병원 근천데. 우리 수연이랑 오랜만에 소주 한잔하자.]

"……!"

하마터면 네, 하고 대답할 뻔했다.

"언니 기다린다면서요?"

[안 나올 거 같아. 집에 갔나봐. 나왔으면 진즉에 나왔겠지. 나와라. 곱창에 소주나 한잔하자.]

"네! 지금 바로 나갈게요. 오빠!"

[응?]

"날 추우니까 밖에 계시지 말고 어디 장소 잡고 들어가 계세요. 제가 도착할 때쯤에 전화할게요."

[여기 오면 대구곱창집이라고 있어. 일루와.]

"알겠습니다!"

전화를 끊은 수연은 매니저에게 전화를 걸려다가 잠시 망설였다. 잘려서 떠났던 매니저 오빠가 다시 돌아왔다. 믿을 수 있는 사람이지만, 오늘은 무슨 이유인지 알리고 싶지가 않았다.

수연은 일반인처럼 위장을 시작했다. 간단한 복장에 검정색 마스크를 착용한 뒤, 모자를 푹 눌러썼다.

그래도 나 보보라고 얼굴에 써져 있었다.

"그냥 화장을 해버려?"

오늘은 오빠에게 예쁜 모습을 보여 주고 싶었다.

하지만 걸리는 부분이 있었다.

보보의 남자.

데뷔 초에는 그런 일이 없었지만, 인기가 급상승하던 당시 한 연예부 기자가 파파라치들이 몰래 찍은 사진을 이용해 고의적으로 악성기사를 터트렸었다.

하지만 다행히도 소속사의 해명을 통해 사진 속 보보의 남자가 신지원의 친오빠이고 어렸을 때부터 가깝게 지내온 사이라는 사실을 밝혔고, 해당 기자에 대해 강경하게 대응하겠다는 뜻을 전하자 그 악성기사는 조용히 묻혔다.

그 뒤로 두 사람이 함께 있는 사진이 찍혀도 딱히 이슈가되는 일은 없었다. 더군다나 알 만한 팬들도 다 아는 사실이었다.

"그래도 조심해야 돼."

오늘은 이상하게 조심스러웠다. 어쩌면 자신보다는 인수를 위한 배려라고 생각했다.

누군가가 고의적으로 악성기사를 또 터트리려고 들면 충분히 터트리고도 남는 곳이 바로 이 바닥이었으니까.

시끄러워서 좋을 건 하나도 없었다.

검정색 마스크를 다시 착용하고 모자를 푹 눌러쓴 수연은 서둘러 밖으로 나갔다.

택시를 잡아타고는 기사의 눈치를 보았는데, 알아보지

못해서 안심했다.

　창밖을 통해 야경을 바라보는 수연은 연애라도 하는 것
처럼 설레었다.

　"아저씨, 빨리 가주세요."

◇　◆　◇

　대구곱창.

　모자를 푹 눌러쓴 상태로 문을 열고 들어간 수연이 모자
챙 밑으로 슬쩍 실내를 둘러보았다.

　인수는 창가에 앉아 창밖을 보고 있었다.

　"오빠!"

　"어, 빨리 왔네?"

　"서둘렀는데, 오래 기다리셨어요?"

　"아냐. 나도 방금 막 앉았어. 근데, 마스크는 벗지?"

　수연이 주위의 눈치를 살폈다. 여자 아르바이트생이 무
심코 수연의 옆을 스쳐 지나가자, 마스크를 살짝 턱 밑으로
내렸다.

　한데 그 아르바이트생이 고개를 갸우뚱하더니, 다시 뒤
돌아 다가와 슬쩍 수연의 얼굴을 확인했다.

　수연이 아이고 바로 알아보네, 하는 눈치로 살짝 눈인사
를 했다.

"……!"

아르바이트생이 도망치듯 물러나더니 핸드폰을 꺼내들었다.

-대박. 지금 우리 가게에 보보 와 있어.-

-지랄. 보보가 거기를 왜 가냐?-

-진짜라고 미친년아-

-진짜?-

-그 거짓말 참말? 인증샷!-

단체 톡이었다.

알바의 손은 불이라도 붙은 것처럼 빠르게 움직였다. -남자와 단둘이 마주 앉아 있어.-

-남자 누규?-

-연예인?-

-연예인 아니야.-

-그럼 누구?-

-몰라. 잘생겼어. 수상해. 사귀는 거 같아.-

주위의 손님들도 어느새 알아보고, 소곤거리기 시작했다.

알바는 그런 손님들을 향해 '보보 맞아요!' 라며 손가락을 동그랗게 모아 사인을 보내주었다.

한 남자손님이 '설마?' 하는 표정을 짓더니 자리에서 일어나 수연에게 다가왔다.

"저기……."

"아, 네……."

수연이 어쩔 수 없다는 듯 애써 웃음을 지어 보였다.

"대박."

남자의 입에서 대박에 이어 저절로 다음 말이 튀어나왔다.

"저 완전 팬입니다!"

"네, 감사합니다."

"사진 한 장만…… 어떻게 안 될까요?"

남자는 애교를 부렸다. 손가락을 세우고는 제발 한 장만 같이 찍자고.

"괜찮아요."

"감사합니다!"

남자는 곧바로 머리를 낮추고는 전화기를 들어 셀프카메라를 찍었다.

"와우!"

남자가 사진을 확인하고는 기쁨의 탄성을 내질렀다.

핸드폰이 대대로 내려온 집안의 가보라도 되는 것처럼 품에 안았다.

"저도요!"

"사인! 사인 받자!"

남자가 셀프카메라촬영에 성공하자 지켜보던 손님들이

한꺼번에 일어났다.

그야말로 몸을 날렸다.

"펜! 아이고, 볼펜 없다! 여기요! 펜 좀 주세요!"

수중에 펜이 없는 손님들이 소리치자, 알바가 계산대에서 볼펜을 가져와 전해 주었다.

수연은 바쁘게 움직였다. 표정관리도 잘했다.

사방에서 셀프카메라를 찍기 시작했다.

인수도 덩달아 함께 사진을 찍으며 손가락 하트를 만들어 보였다.

"감사합니다! 즐거운 시간 보내세요!"

"그만 비켜줍시다!"

팬들은 모두 흡족한 표정이었다. 이제는 보보의 사생활을 보호해 주자는 분위기로 바뀌었다.

"역시 대스타야."

인수가 소주 뚜껑을 돌려 따며 말했다.

"오빠가 힘들었겠어요."

수연이 목소리를 낮추어 조용히 말했다.

"나? 재미있었는데?"

"그래요?"

수연이 두 손으로 공손히 잔을 내밀었다.

"주당이라고 소문났던데?"

"어머! 아니에요, 오빠."

긴장이 풀린 탓인지 아니면 기분이 좋은 탓인지, 수연의
입에서 애교 섞인 목소리가 흘러나왔다.

"딱 세 병이 좋아요."

"그게 주당이지!"

"농담이에요, 농담! 에이."

"오늘 진짜 세 병 마시게 생겼네."

"뭐, 더 마실 수도 있고……"

"최고 몇 병까지 마셔봤어?"

"다섯 병? 헛!"

"인혜랑?"

끄덕끄덕.

인수가 활짝 웃었다.

"잘한다. 이런 주당들 같으니라고."

곱창이 나왔다. 아르바이트생이 인수의 얼굴을 슥 보고
갔다.

"오빠가 맛있게 구워 줄게."

"네!"

활짝 웃던 수연의 표정이 갑자기 어두워졌다. 인혜의 말과
2시간이나 바람을 맞고 있다던 인수의 말이 생각났기 때문
이었다.

"오빠."

"응?"

곱창을 굽던 인수가 무심코 대답했다. 수연의 두 눈은 인수의 얼굴에서 벗어나질 않고 있었다.

"저 좀 보고 대답해요."

"응."

그제야 인수의 시선이 수연을 향했다.

"언니랑 무슨 일 있어요?"

"응."

수연이 두 눈을 깜박거렸다. 대답이 너무 쉽게 나왔기 때문이었다.

"싸웠어요?"

"응."

인수의 시선은 다시 곱창으로 향했다.

"왜요?"

"헤어지자고 그래서."

"언니가요?"

수연은 깜짝 놀랐다.

"응."

"오빠."

"어?"

인수가 다시 수연의 얼굴을 보았다.

"무슨 남의 일처럼……."

"나도 당분간 좀 잊으려고."

"네?"

"생각을 해 봤는데, 지금은 아닌 거 같아. 싫다는 결혼 억지로 하고 싶은 마음도 없고. 이참에 나도 좀 즐기면서 살려고."

"헐……."

"와, 맛있겠다. 자, 먹자. 오빠가 한 점 싸줄까?"

"아니요, 잠깐만요!"

수연이 스톱을 외쳤지만, 기계처럼 술을 따른 인수는 건배를 하고 "크! 좋다!" 하며 안주를 집어 먹었다.

"오빠! 지금 언니랑 진짜 헤어진다는 거예요?"

"아니?"

"네?"

"누가 헤어진데?"

"방금 그렇게 말했잖아요!"

"내가?"

"네!"

"뭘 헤어져. 당분간 서로 부담주지 말아야겠다는 거지."

"아니, 그게 그러니까요! 언니도 그러자고 그래요?"

"아니?"

"그럼요?"

"헤어지재."

순간 멍해진 수연은 곱창을 맛있게 먹고만 있는 인수를
바라볼 뿐이었다.

그리고 잠시 뒤, 누구에게 향한 것인지 모를 인수의 혼잣
말이 이어졌다.

"헤어지긴 뭘 헤어져. 난 절대로 못 헤어져. 아무리 생각
해 봐도 세상에 그런 여자 없어."

말을 끝낸 인수가 건배도 없이 홀로 잔을 비웠다.

"크!"

수연은 소리만 들어도 소주가 쓰게 느껴졌다.

트리니티 레볼루션
Trinity
Revolution

제48장 실수?

택시 뒷좌석에 올라탄 수연이 조수석에 타려는 인수에게
소리쳤다.

"오빠!"

"응?"

"여기요! 여기!"

수연이 자신의 옆자리를 손바닥으로 탁탁 내리쳤다.

"원래 돈 계산하는 사람이 앞에 앉는 거야."

"됐고요. 여기로 오세요. 어서요."

수연도 소주를 4병이나 마셨다.

인수는 5병을 마셨다. 내공을 돌리지도 않았다. 취하니
까 좋았다. 에라, 모르겠다.

"오빠 안 오면 내가 갈 거예요."

"손님, 뒤로 가시죠."

택시기사가 말했다. 아직 누군지 모르는 눈치였다.

그냥 연애를 시작하는 젊은 남녀이고, 여자가 남자를 무척 좋아하고 있는 것으로만 보았다.

"그러지 뭐."

인수가 조수석에 타려다가 문을 닫고는 뒷좌석에 올라탔다.

"히히."

수연이 곧장 팔짱을 끼어 오며 머리를 인수의 어깨에 기댔다.

"뭐하자는 거야."

"오빠가 좋아서요."

"취했네. 취했어."

"나 하나도 안 취했어요."

"아냐, 너 취했어. 엄청 취했어."

"맞다! 나 전화해야 하는데."

"이 시간에 누구?"

새벽 1시를 넘어가고 있었다.

수연이 호주머니를 열심히 뒤지던 끝에 전화기를 찾았다.

"찾았다! 내 전화기!"

"이 시간에 누구한테 전화하시냐고요."

"울 매니저 오빠요!"

"왜?"

"내일 일정 다 취소!"

"미쳤네."

"나 오빠랑 있고 싶어요! 내일 오빠는 쉬는데 나만 일할
순 없잖아요?"

"아까는 없다며."

"지금 전화하면 없어지죠."

"약속을 그렇게 깨면 안 돼."

"딱 하루만!"

수연이 인수를 향해 아랫입술을 내밀고는 손가락을 세우
고는 애원했다.

"한 번만요."

"몰라! 알아서 해!"

"히히히!"

두 사람은 만취상태였다. 그렇게 취한 두 사람을 실은 택
시기사는 목적지를 듣지도 않았건만 알아서 모텔로 향하고
있었다.

택시가 모텔 안으로 들어갈 무렵, 인수가 뒤를 돌아보며
말했다.

"기사님. 죄송하지만, 방향을 좀 바꿔주시겠어요?"

"어디로요?"

기사도 사이드미러를 통해 뒤따라오는 차를 보았다.

"강북 한수아파트요."

"네, 알겠습니다."

인수의 집이었다. 수연은 잠자코 있었다. 인수의 어깨가 너무 좋았다. 하지만 방향을 바꿔 달라고 말할 때 인수가 지금이라도 정신을 차리고는 각자의 집으로 돌아가려는 줄 알았다. 자신을 먼저 집에 데려다 주고 이대로 헤어지는 줄 알았는데 그것이 아니었다.

파파라치들이 냄새를 맡고는 뒤를 쫓고 있었기 때문이었다.

파파라치들은 수연의 집에서부터 숨어서 대기하고 있던 중이었다. 한데 늦은 시간, 야구 모자를 눌러쓴 수연이 검정색 마스크를 착용하고는 밖으로 나오자 뭔가 큰 그림이 그려졌다.

이제는 천하의 보보도 연애를 할 때가 된 것이었다.

하지만 곱창 집에서 만난 상대 남자는 공교롭게도 같은 소속사 여가수 신지원의 오빠였다.

뭔가 수상해 보이기는 했지만, 딱히 특별할 것도 없었다. 한데, 곱창 집에서 소주를 9병이나 비우더니 뭔가 분위기가 야릇해졌다.

같이 택시에 올라탄 것도 모자라 모텔로 향하다니!

이건 완전 대박이었다.

그래서 신나게 사진을 찍어댔다.

한 명은 운전하고, 한 명은 찍어대고.

2인 1조로 작업 중이던 파파라치들은 택시가 모텔로 들어가자 환호성을 내질렀다.

거기에서 실수를 하고 말았다. 너무 달라붙은 것이다. 몰래 숨을 죽이며 잘 뒤따라오다가 술에 취한 인수에게 딱 걸리고 말았다.

그래도 지금까지 찍은 사진만 해도 대박이었다. 연예부 기자들에게 가격을 흥정할 수도 있을 것이었다. 아니 부르는 게 값일지도 몰랐다.

하지만 택시비를 지불하고 수연과 함께 집으로 들어가던 인수는 파파라치들의 카메라를 터트려 버렸다.

퍼벙! 소리와 함께 카메라가 터져 버린 뒤 하얀 연기를 피워 내자 파파라치들은 황당할 뿐이었다. 급한 대로 핸드폰을 꺼내 찍으려 했지만, 그 핸드폰마저도 펑 소리를 내며 터지고 말았다.

뒤에서 들려오는 펑! 소리에 수연이 깜짝 놀라 뒤를 돌아보았다.

그때 파파라치들 중 한 녀석과 수연의 눈이 마주쳤다.

"……!"

틀림없었다. 잠시 스쳐 지나간 그 문제의 매니저 한식, 바로 그놈이었다. 이태원 파티 룸 마약사건이 터진 뒤 잘렸는데, 이제는 뒤에서 이런 짓을 하고 있다니! 정말 괘씸하기 짝이 없었다.

하지만 수연은 아무리 술에 취해 정신이 없다지만 나서서 뭐라고 할 수도 없었다.

그저 최대한 모자를 눌러쓰고는 인수의 뒤를 따라 집으로 들어갈 뿐이었다.

◇ ◆ ◇

"젠장."

한식은 자기도 모르게 혼잣말을 내뱉었다.

보보가 이 늦은 시간에 지원이 친오빠와 단둘이 곱창 집에서 비운 소주만 9병.

그것도 지원이 친오빠는 곧 결혼을 한다고 들었다.

그런데 만취해서는 뭔가 분위기가 야릇해진 두 사람은 급기야 함께 택시에 올라타고는 모텔로 향하더니, 입구에 다다라서야 눈치를 챘는지 방향을 틀었다.

이 정도면 친한 오빠 동생 사이가 아닌 것이다. 하지만 사진을 찍어야 할 카메라가 다 망가졌으니 낭패였다.

그동안 찍은 사진이라도 살려보려고 메모리를 확인해

봤지만 먹통이었다.

"아오!"

한식은 망가진 카메라를 바닥에 내팽개쳤다.

◇　◆　◇

수연은 집 안으로 들어와 마스크부터 벗어 던졌다. 모자도 벗고 머리를 뒤로 묶었다.

머리를 뒤로 묶는데, 술에 취해 비틀거리더니 뒷걸음질을 쳤다.

"오빠, 방금 봤어요? 어떻게 카메라가 펑 하고 터지죠?"

방금 전에 있었던 일이 신기했는지 수연의 질문은 계속됐다. 말을 하면서도 웃음이 멈추지가 않아 계속 웃었다. 웃는 만큼 몸도 비틀거렸다.

"그러게 말이다. 바보들."

인수가 베란다를 향해 손가락질하며 말했다. 그 모습이 또 웃겨서 수연이 따라했다.

"맞아. 저 바보들!"

"그래. 바보들 같으니라고."

인수가 양주를 들고는 베란다 앞, 나란히 준비된 의자에 앉았다.

수연이 웃음을 멈추고는 물끄러미 인수의 뒷모습을 보았다. 무척 외로워 보였다.

수연은 인수가 자신을 불러줄 때까지 가만히 있기로 했다.

"뭐해? 이리와."

수연이 비틀거리며 다가와 인수 옆에 앉았다. 세영의 자리였다.

"좋다."

"좋아?"

"네. 경치도 좋고. 오빠랑 같이 있어서 좋고."

"술 취해서 좋고. 받아."

인수가 양주를 따라주었다.

"네."

수연이 두 손으로 공손하게 잔을 받다가, 양주병을 붙잡고 있는 인수의 손을 보았다. 그 손이 뭐라고, 남자의 손이 이렇게까지 섹시해 보인 적이 단 한 번도 없었는데…….

그 순간, 무슨 일인지 수연은 아랫배가 묵직해지며 아파왔다. 그래서 이를 악물었다.

"……?"

인수의 표정을 보았다. 왜? 라고 묻고 있었다.

짧게 호흡을 가다듬은 수연은 다시 활짝 웃었다.

양주를 따르던 인수의 손이 멈추었다. 수연도 받던 잔을 탁자에 내렸다.

의자에서 몸을 일으킨 수연이 인수의 앞으로 이동해 서
더니 머리를 풀었다. 밤풍경을 배경으로 긴 머리를 풀고 서
있는 수연의 몸매는 조각처럼 아름다웠다.

"오빠."

"응."

"세상에서 가장 거만한 자세로 앉아보세요."

"이렇게?"

인수가 양주병을 든 채로 엉덩이를 밑으로 쭉 내렸다. 다
리를 양쪽으로 쩍 벌렸다.

"안 돼요. 부족해요. 넥타이도 풀어헤치고요. 와이셔츠
단추도 풀고."

"그래, 좋아."

수연이 시킨 대로 따라하자, 인수의 모습은 진짜 망가진
사람 같아 보였다.

"어때? 세상에서 가장 거만해 보여?"

인수는 양주를 병째 들이켜며 말했다.

"네."

수연이 쫙 벌린 인수의 다리 사이로 파고들어와 바닥에
앉았다. 허벅지에 매달리듯 얼굴을 묻었다.

그 모습이 마치, 미친 왕과 인형처럼 복종하는 시녀 같았
다.

"오빠."

"……."

"우리 이대로 망가질까요?"

"이미 망가졌잖아."

수연이 고개를 들어 올려 인수의 눈을 보았다. 인수의 두 손이 내려와 수연의 양쪽 볼을 붙잡아 당겼다.

수연은 그 손의 이끌림을 따라 몸을 일으켰다.

"키스해 줘요."

수연은 애원했다. 그러자 인수가 입술을 포개왔다. 수연이 입술을 열었다.

수연은 갈증이 났다. 지독한 갈증이었다. 배도 다시 아파 왔다.

수연은 인수의 혀를 찾아 잡아채듯 빨아 당겼다.

머릿속이 하얗게 비워졌다. 아무것도 생각하고 싶지 않았다.

수연은 인수의 목에 팔을 감았다. 가슴이 포개지며 눌렸다. 옷을 벗고 싶었다. 살과 살을 맞대고 싶었다. 인수는 수연의 뒷목을 받쳐 더욱 깊게 파고들어 왔다.

자세가 바뀌어 가는 중이었다.

이제는 수연이 의자에 몸을 눕힌 상태가 되었다.

키스를 멈춘 인수가 몸을 일으키더니 와이셔츠를 벗어 던졌다.

수연이 누운 채로 인수를 올려다보았다.

"하아, 하아."

숨을 거칠게 몰아쉬었다.

인수가 다시 몸을 포개오며 수연의 입술에 키스를 퍼부었다.

손이 밑으로 내려와 허겁지겁 수연의 청바지를 벗기기 시작했다.

수연의 손이 내려와 인수의 손을 붙잡았다. 그러자 인수가 손을 멈추었다.

키스도 멈추었다.

수연이 슬픈 눈으로 인수를 바라보았다.

"무서워요."

남의 남자를 빼앗겠다는 마음은 애초부터 없었다.

지금 이 순간, 또 하나의 은밀한 내가 존재해 이 난처한 것들을 덮어 주고 감춰 주는 것 같았다.

하지만 지금의 내가 죽을 것을 알면서도 불속으로 뛰어드는 불나방이라면, 나를 감춰 주고 덮어 주는 내일의 나란 무엇인가?

세월은 어디에서나 흐르고 만날 수 있을 것이다.

하지만 어떻게 해야 할까요?

난 오빠를 붙잡는 방법을 모르는걸요.

인수가 자신을 책임지지 않을 것이라는 사실을 잘 알고

있는 수연이었다. 이 새벽이 끝나면 오빠는 다시 언니에게 돌아간다는 사실도 잘 알고 있었다.

"오빠…… 안아줘요."

하지만 인수는 더 이상 수연을 안을 수가 없었다. 수연의 입에서 무섭다는 말이 나온 순간, 인수는 세영의 목소리가 떠올랐다.

'넌 악인이 아니잖아?'

인수는 몸을 일으켜 수연으로부터 등을 돌리고 말았다. 그렇게 한강을 내려다보았다.

"오빠……."

"수연아."

인수가 이름을 불러주자, 수연은 울음이 터져 나오고 말았다.

"네, 오빠."

울면서도 씩씩하게 대답하는 수연.

"이리와."

수연이 인수의 뒤로 다가와 허리를 껴안았다.

그렇게 인수의 등에 얼굴을 묻고 울었다.

인수는 수연의 손을 잡아주었다.

"널 무섭게 하고 싶진 않아."

"미안해요."

"아냐. 미안한 건 오히려 나지. 그나저나 우리 이제 어떡

56

하면 좋을까?'

술김에 실수로 여기까지 왔다지만, 두 사람은 솔직히 실수가 아니었다. 서로가 서로를 원한 것이었다.

이러면 안 된다는 것을 머리로는 잘 알지만, 가슴은 서로의 육체를 원하고 있는 것이었다.

서로가 인정하고 있는 부분이었다.

우리 이제 어떡하면 좋을까?

오히려 수연이 묻고 싶은 질문이었다. 그래서 인수의 허리를 껴안은 팔에 힘을 꽉 주었다. 인수도 그런 수연의 손을 더 꼭 잡아주고 쓰다듬어 주었다.

그러자 수연이 말했다.

"오빠, 나 많이 컸죠?"

"크기야 많이 컸지."

"나 많이 컸으니까…… 무서워도 오늘 용기 낼래요."

인수의 허리를 껴안고 있던 수연의 손이 빠져나갔다.

인수가 뒤를 돌아보았다.

수연이 입고 있던 라운드 티를 한쪽 팔부터 빼내며 벗고 있었다.

상의를 벗어 바닥에 내려놓은 수연은 청바지 단추를 풀었다. 그렇게 브래지어와 팬티만 입은 상태로 다시 인수에게 안겨왔다.

"오빠, 추워요."

수연을 껴안은 인수는 다시는 돌아올 수 없는 길을 가고
있다고 생각했다.

수연의 입술을 향해 다가가던 인수의 입술이 열리며 주
문이 새어 나왔다.

"슬립."

◇ ◆ ◇

인수의 전화를 받은 세영은 하루 종일 일이 손에 잡히지
가 않았다.

'꼭 만나서 할 말이 있어.'

공교롭게도 송대식이 함께 저녁을 하자고 전화를 걸어왔
지만, 거절했다.

이젠 정말 끝인가.

일을 어떻게 했는지도 모른 채 시간은 흘러 퇴근시간이
되었다.

약속장소로 나가보니 인수가 기다리고 있었다.

"밥 먹었어?"

"별로…… 생각이 없네."

"잘 먹어야지. 그새 야위었잖아."

"내 걱정 그만해. 너도 얼굴이 좋아보이진 않아."

"요즘 술을 좀 많이 먹었거든."

세영이 고개만 끄덕였다. 마음이 무겁지 않다면 거짓말일 것이다.

"생각을 많이 했어. 근데 그 전에 묻고 싶어."

"……?"

"너 정말 나랑 헤어질 수 있겠어?"

"……."

세영은 선뜻 대답하지 못했다. 인수는 세영의 말을 기다려 주었다.

"물론 처음에는 힘들겠지. 우리가 함께한 시간이 있는데 그걸 어떻게 단칼에 자를 수 있겠어. 노력해야지."

"그래."

잠시 두 사람은 말이 없었다. 시간이 좀 지나고 인수가 힘없이 웃으며 입을 열었다.

"나 일 그만둬."

"뭐?"

"직장 때려치운다고."

"세상에나. 지금 그 말 때문에 만나자고 한 거야?"

"응."

"왜? 아니 왜?"

"네 말대로 난 모범이 되지 못한 게 맞아. 반성 중이야. 검사 자격이 없어."

"인수야. 난 그런 뜻이 아니라……."

"알아. 가만히 생각해 보니까, 네 말이 다 맞더라. 세 번의 삶을 처절하게 당하기만 하면서 난 삐뚤어져 있었던 거야. 그래서 이제는 편하게 살려고."

"공부는? 너 유학 계획도……."

"아니. 이제 공부도 안 할 거야. 그저 인생을 즐기고 싶어. 뒤돌아보니까 내가 왜 이러고 살았는지 모르겠어."

"인수야."

"와, 말하고 나니까 후련하다. 나 솔직히 힘들었거든."

인수의 표정은 매우 밝았지만, 세영의 표정은 굳어졌다.

"이건 아니야."

"뭐가 아니야?"

"인수야."

세영이 철없는 남동생을 나무라듯 인수의 이름을 불렀다.

"응?"

"너 이런 식으로 날 계속 괴롭힐 거야?"

"무슨 말이야? 내가 왜 널 괴롭혀?"

"어머님, 아버님 생각은 안 해? 네가 이러면 내가 뭐가 돼?"

"내가 잘 설득할 거야. 걱정 마."

"안 돼."

"뭐가 안 돼?"

"안 돼. 절대로 안 돼."

"내 인생 내가 알아서 살겠다는데, 헤어진 여친이 뭔 상관이래?"

"와, 너……."

세영은 기가 막혀서 말문이 막혀 버렸다.

"치졸하다, 치졸해."

"세영아, 나 진심이라고."

"됐어. 너 정말 꼴도 보기 싫어!"

세영이 자리를 박차고 일어섰다.

"그만두든지 말든지 알아서 해! 그리고 앞으로 나 찾지도 마! 전화도 하지 말고! 너 다시는 안 보고 싶으니까!"

잠시 말을 멈춘 세영이 숨을 골랐다.

"진짜 헤어져."

그 말을 끝으로 세영은 커피숍 밖으로 나가 버렸다.

인수가 재빨리 뒤따라 나갔다.

세영의 손을 뒤에서 붙잡았다.

"이거 놔!"

"도대체 왜 화를 내는 거야?"

"말 섞고 싶지 않거든?"

"아니, 말을 해야 알지."

"멋대로 생각해."

"와, 이 여자 성깔 있는 줄 몰랐네?"

세영이 발걸음을 멈추고는 휙 뒤돌아 무서운 눈빛으로 인수를 노려보았다.

그때였다.

세영의 전화기가 울렸다.

세영은 씩씩거리기만 할 뿐 전화기를 가방에서 꺼낼 생각조차 없었다.

"전화는 받아야지."

인수가 말하자, 세영이 휙 뒤돌아 가면서 전화기를 꺼내어 보았다.

김선숙이었다.

세영은 전화를 받지 않았다. 마치 '너, 나 좀 보자.' 라는 어머님의 목소리가 들려오는 것만 같았다.

그래서 전화를 받지 않았는데, 전화기가 또 울렸다.

"후!"

"누구야?"

"직접 말씀드려."

세영이 전화기를 건네주었다.

그때였다. 인수의 전화기도 울렸다.

"잠깐만."

액정화면을 보니, 장인어른이었다.

"아이고, 아버님. 안녕하세요!"

[어허, 자네 요즘 어떻게 된 건가? 너무하는 거 아닌가?

전화도 없고 말이야.]

"아, 제가 좀…… 죄송합니다. 지금 옆에 같이 있습니다."

[세영이 옆에 있어?]

"네."

[세영이 옆에 있대.]

김영국이 아내에게 살짝 말했다.

"아버님. 제가 잠시 뒤에 전화 드리겠습니다."

[그래, 알겠네.]

전화를 끊는 그때 휙 돌아선 세영이 어느새 저만큼 앞서 가고 있었다.

김선숙의 전화가 또 걸려오자, 세영이 걸음을 멈추었다.

뒤돌아 인수에게 다가온 세영은 전화기를 건네주고는 뒤돌아 가 버렸다.

인수는 그 전화를 받았다.

"엄마."

[뭐야?]

"지금 같이 있어요. 화장실 갔어요."

[뭐시 어짜고 어째?]

"엄마, 조금 이따가 전화할게요."

[야!]

인수는 전화를 확 끊어버렸다. 세영에게 전화기를 돌려주려고 가는데, 또 전화가 걸려왔다.

-송 작가님.-

"여보세요?"

[어?]

"말씀하세요?"

[거기…… 김 간호사님 전화 아닌가요?]

"네, 맞습니다만 누구신가요?"

[아…… 저는 김 간호사님 환자 보호자입니다만……]

"잠시만요. 바꿔 드릴게요."

인수가 세영의 뒤로 다가갔다.

"전화 받아."

"싫어."

"엄마 말고, 송 작가님이시다."

세영이 깜짝 놀랐다.

"남의 전화를 왜 받아?"

"받으라고 줄 때는 언제고."

"줘!"

세영이 전화기를 빼앗아가더니, 상냥한 목소리로 말했다.

"네, 작가님."

헐…… 코맹맹이 소리를 다 내다니. 다른 사람도 아닌 세영이.

"저녁 못 먹었어요. 마침 다시 전화를 드리려고 했는데 잘하셨어요. 약속이요? 아…… 약속이 있었는데요, 뭐 그렇게 되었네요. 수유요? 알겠습니다. 바로 갈게요."

[근데요, 김 간호사님?]

"네."

[방금 전화 받으신 분……]

세영이 인수를 보았다.

[그 남자친구 분?]

"……아, 네."

[아, 그렇군요.]

"이따 봬요."

[넵!]

세영이 전화를 끊고는 차갑게 돌아섰다.

"어디 가?"

인수가 물었지만 세영은 대꾸하지 않았다. 그러니 인수가 세영의 팔을 붙잡고는 물었다.

"어디를 가시냐고요."

"뭔 상관인데요?"

세영은 팔을 홱 뿌리쳤다. 인수를 무시하고는 뒤로 돌아가 택시를 잡는 데 집중했다.

"택시!"

"내가 데려다줄게."

여전히 말을 씹어 먹는 세영.

"내가 데려다준다고."

"됐거든요."

"와, 남자가 있었구나?"

인수가 말하자 세영이 어이가 없다는 표정으로 인수를 째려보았다. 뭐 이런 수준 이하가 다 있냐는 표정이었다.

"맘대로 생각해."

"알았어."

인수가 홱 뒤돌아 갈 길을 갔다.

세영이 그런 인수의 뒷모습을 보다가 다시 택시를 붙잡았다.

◇ ◆ ◇

집에 들어온 세영은 인수의 신발부터 보았다.

송대식과 식사를 하면서도 인수가 했던 말이 계속 떠올라 일찍 헤어져 집으로 돌아왔다.

고개를 들어 앞을 보니, 거실에서 아빠랑 소주 판을 벌이고 있었다.

"우리 딸 왔네? 어서 와서 여기 앉아라."

김영국은 꾹 눌러 참고 있는 중이었다.

하지만 세영은 찬바람을 일으키며 자기 방으로 쏙 들어가 버렸다.

"저 녀석이!"

김영국이 술에 취해 혀를 찼다. 안달이 난 최미연이 달려
가 방문을 두드렸지만, 세영은 대꾸조차 없었다.

"아휴, 나도 이제는 이해를 해 주려고 해도 못 해 주겠
네."

세영은 엄마가 문밖에서 하는 말을 들었다.

"어머니. 그냥 내버려 두세요. 저랑 소주나 한잔하시죠."

"쯧쯧쯧. 대체 언제까지 저러려고 그러는 건지. 자기 생
각만 하고 있어."

세영은 아빠의 말도 들었다.

그래서 이불을 확 뒤집어쓰고 누워버렸다.

"자네가 살짝 들어가 봐."

"아닙니다."

"뭐가 아니야. 어서 들어가 봐."

최미연까지 안달이었다.

"아니요. 오늘은 두 분께 말씀드릴 게 있어서 찾아왔습니
다."

인수의 말을 들은 세영이 이불을 걷어찼다.

"그래, 말해 보게나."

김영국이 소주잔을 들며 말했다.

"저 직장 그만두려고요."

"뭐?"

김영국은 자신의 귀를 의심했다. 최미연은 두 눈만 깜박거렸다.

"자네 방금 뭐라고 그랬어? 검사를 그만둔다고?"

"네. 내일 사표 제출하려고요."

"아니, 잠깐만."

김영국은 당황해서 들고 있는 소주잔을 마시지도 못하고 내리지도 못했다.

검사를 그만둔다니. 청천벽락 날벼락이 따로 없었다.

도대체 왜?

왜 검사를 그만 둔다는 거야?

혹시 내 딸년 때문에?

김영국의 시선이 휙 돌아가 세영의 방에 머물렀다.

"자네 그러면 안 돼!"

"아버님. 저도 사람인지라 지쳤습니다. 힘드네요."

인수가 잔을 비웠다.

"검사된 지 얼마나 됐다고 지쳐?"

"이해 못 하시겠죠."

"아니, 내 말은 그런 뜻이 아니라!"

"외롭네요."

"외로워?"

"네. 외롭고 고독해 미치겠습니다."

인수가 자작을 하려고 하자, 김영국이 재빨리 소주병을 낚아채 따라주었다.

"자네가 뭐가 부족해서 외롭고 고독해?"

"슬프네요."

"슬퍼? 자네가?"

"아버님. 저도 사람입니다."

"어허, 참!"

김영국은 잠시 생각에 잠겼다가 아내에게 손짓을 했다. 주방에서 두 사람의 대화를 듣고 있던 최미연이 재빨리 남편의 옆으로 다가왔다.

"나오라고 해."

"알겠어요."

최미연이 냉큼 달려가 세영의 방문을 두드렸다.

"세영아."

안에서 대답이 없었다.

"너 빨리 좀 나와 봐. 어서!"

세영이 어쩔 수 없다는 듯 문을 열고 나왔다. 인수는 세영이 몹시 야위어 보였다. 괴롭히고 싶은 마음은 추호도 없었다.

세영은 말없이 소파에 앉았다.

"여기 내려와 앉아."

김영국이 자신의 옆자리를 손바닥으로 탁탁 치며 말했다.

아빠의 명령과도 같은 부탁에 세영이 힘없이 몸을 일으켜 내려와 앉았다.

앞에 마주하고 앉아 있는 인수는 쳐다보지도 않았다.

"한 잔 받아."

"무슨 술이에요."

"어허, 아빠가 주는 술인데 받아."

"싫어요. 저 술 못해요."

"너 계속 이럴 거냐? 아빠가 지금 좋게 얘기하자고 이러는 거잖아?"

"……."

"자, 받아."

"아빠가 마시던 잔 싫어요."

"이 녀석이? 아빠가 남이냐?"

"그래도 싫어요."

"그래? 여보, 잔 하나 가져와."

최미연이 잔을 가져왔다.

"자, 받아."

세영이 두 손으로 공손히 잔을 받았다.

"박 서방도 한 잔 받아."

"네, 아버님."

"나도 한 잔 따라주고. 아니, 우리 딸이 한 번 따라줘 봐."

세영이 아빠에게 술을 따라주었다.

"건배하고. 일단 마셔."

세 사람이 잔을 부딪쳤다. 세영도 한숨에 잔을 비웠다.

얼굴에 쓰다는 표정을 지으며 수저를 들어 매운탕 국물을 마셨다.

"자, 말해 봐. 뭐가 문제야?"

세영은 말하지 않고, 연신 매운탕 국물만 떠먹었다.

김영국은 답답해 죽을 지경이었지만, 꾹 참고 기다렸다.

세영은 수저질 끝에 속이 풀렸는지, 수저를 내려놓고는 아빠를 보았다.

"아빠."

"그래, 딸. 말해 봐라."

"저도 직장 그만둘래요."

"응?"

김영국이 멍한 표정으로 세영을 보았다. 최미연도 깜짝 놀랐다. 인수도 깜짝 놀랐다.

"유학 준비하려고요."

"유학?"

"네."

세 사람 다 말문이 막혀 아무런 말도 하지 못했다.

"어디로?"

김영국이 겨우 정신을 차리고는 물었다.

"알아봐야죠."

"결혼은?"

"아직 모르겠어요."

"……."

"……."

"그런 무책임한 말이 어디 있어! 결혼이 뭐 장난이야?"

"아빠 말씀이 맞아. 너 앞으로 사돈어른들 얼굴 어떻게 보려고 그래? 인제 와서 무슨 유학이야?"

세영이 인수를 보았다.

"말씀드려."

인수가 두 눈을 깜박거렸다. 뭘 말하라는 거야? 헤어졌다고?

"내가 말해?"

"세영아, 그만. 잠깐 나 좀 보자. 우리 들어가서 얘기 좀 할게요."

"어…… 그래…… 그러려무나."

"아니, 여기서 말해야 돼. 아빠. 우리 헤어졌어요. 이제 더 이상 이 사람 집에 들여보내지 마세요."

김영국과 최미연의 두 눈이 동그래졌다.

그 순간, 인수가 벌떡 일어서더니 세영의 손목을 붙잡아 일으켰다.

"놔!"

"이리 와."

인수는 강제로 세영을 일으켜 세워 방으로 향했다.

"죄송합니다."

세영을 먼저 밀어 넣은 뒤, 자신도 따라 들어가며 문을 닫기 전 어른들에게 양해를 구했다.

김영국이 알았다는 듯 손짓으로 사인을 보냈다. 어서 들어가 문 닫으라고.

세영이 무서운 눈으로 인수를 노려보았다. 손목이 저리다 못해 아파왔다.

"뭐하자는 거야?"

"앉아."

"나가."

"앉으라고."

"내 방에서 나가. 당장 나가."

세영이 손가락에 힘을 주고는 방문을 가리켰다.

"하나만 묻고 나갈게."

"듣고 싶지 않아."

"내가 이럴수록 네 맘은 더 멀어진다는 거 알아. 넌 그런 녀석이니까."

"······."

"그래도 기회는 줘야지. 그래, 안 그래?"

세영의 두 눈이 또 촉촉해지더니 눈물이 그렁거렸다.

"이렇게 일방적으로 헤어지는 게 어디 있어?"

"나 힘들어. 그냥 놓아주면 안 돼?"

"나도 네가 딴 사람 같아. 내가 알던 세영이는 어디로 갔을까?"

세영은 서 있는 것이 힘들어 침대에 걸터앉았다. 인수가 다가와 그런 세영을 품에 안아주었다.

"하지 마."

세영이 거부하며 인수를 떠밀었다. 하지만 인수는 세영을 놓아주지 않았다.

"사랑해. 그 잔인한 기억 때문에 어떤 보상을 해 주려고 이러는 게 아니야. 널 사랑한다고. 그게 전부야. 너도 날 사랑하잖아?"

세영은 울고 말았다. 그러면서도 인수를 밀쳐내기 위해 간간히 힘을 썼다.

"날 사랑하지 않는다면 어쩔 수 없겠지. 그러면 보내줄게. 하지만 우린 이렇게 사랑하잖아."

세영이 머리를 흔들었지만 인수의 품에서 더 이상 벗어나지는 않았다.

사랑하지만, 너무 힘들다는 뜻이었다.

인수는 나란히 침대에 엉덩이를 걸치고는 앉아 양손으로 세영의 얼굴을 들어 올렸다.

"나 봐."

여전히 세영은 고개를 저으며 울었다. 인수를 보려 하지 않았다.

인수는 울고 있는 세영을 보는 것이 힘들었다. 마음이 너무나도 아파왔다. 그대로 세영을 품에 안아주었다.

"알았어. 네 뜻대로 하자. 이런 널 계속 보는 것도 힘들다."

인수의 말에 세영이 펑펑 울고 말았다.

"인제 와서 내가 너에게 고작 해 줄 수 있는 게 편하게 보내주는 것뿐이라니…… 미안하다."

말은 놓아주고 있지만, 보내주고 있지만…….

몸은 놓아주질 못하고 있었다. 인수는 더욱 더 힘껏 세영을 안았다. 세영도 엉엉 울며 인수를 끌어안았다.

오랜 시간이 지난 끝에 세영이 겨우 울음을 멈추었다.

"괜찮아?"

"응."

세영이 고개를 끄덕이며 대답했다.

"그럼, 나 가 볼게. 잘 지내. 아프지 말고."

"너도."

"그래."

인수가 애써 웃으며 뒤돌아섰다.

방문을 열려고 하는 그때였다.

"인수야."

"응."

"돌아보지 마."

인수는 뒤돌아보지 않았다.

세영이 다시 안겨왔다. 등에 얼굴을 묻었다.

"미안해."

"괜찮아."

"정말 미안해."

"너 자꾸 이러면 나 마음 약해져."

"나도 알아. 그런데……."

인수는 방문 옆의 전등스위치를 보았다. 확 꺼버리고 싶
었다. 그런데 세영의 손이 올라오더니 그 스위치를 눌러 껐
다.

어둠 속.

세영이 인수의 등에 얼굴을 묻은 채로 말했다.

"이대로 못 보내겠어."

인수는 세영을 잘 안다. 강한 사람 앞에서는 절대로 약한
모습을 보이거나 굽히지 않지만, 약한 사람 앞에서는 한없
이 약해지고 마음을 쓰는 사람이라는 것을.

그리고 그 약자에게 용기를 주고 희망을 주는 사람이라
는 것을.

"우리 마지막 밤이잖아."

"……."

"오늘 밤만큼은 원하는 대로 해 줄게. 그동안 많이 참아 주었잖아. 지켜줘서 고마워."

인수가 뒤돌아섰다. 어둠 속에서 세영의 얼굴을 더듬어 찾았다.

양 볼을 붙잡고 입술로 입술을 찾았다.

입술이 포개졌다.

인수는 세영을 번쩍 안아들었다. 뜨거운 키스를 나누기 시작했고, 두 사람은 침대로 떨어졌다.

준다고 할 때 가져야 한다. 인수는 세영을 잘 알고 있다.

이 기회를 놓치면 안 된다.

뜨거웠다. 인수는 허겁지겁 옷을 벗으며 세영의 옷을 벗겼다.

세영은 인수를 허락했다.

그렇게 역사가 이루어지고 있었다.

"널 그냥 못 보내겠어! 도저히 그럴 수가 없어!"

"알아!"

"너 내 말 똑똑히 들어!"

"응!"

"내가 지금 너 허락했다고 다시 사귄다고 생각하면 안 돼!"

세영이 소리치며 인수의 목을 꽉 끌어안았다.

"우린 끝난 거야! 우린 끝났다고!"

"알았어!"

"널 도저히 그냥 보낼 수 없어 이러는 거라고!"

"그래, 네 맘 알아!"

인수의 입술이 세영의 입술을 떠나 목덜미를 지나쳐 가슴으로 내려오자, 세영이 연어처럼 몸을 비틀며 신음을 토해냈다.

세영의 손톱이 인수의 등을 파고들어 왔다.

"우리 오늘밤이 마지막 밤이라고!"

"그래, 알았어."

"널 도저히 그냥 못 보내겠어!"

"알아, 다 알아!"

"착각하지 마! 오늘 날 가졌다고 내가 너랑 결혼할 거라고 생각하지 마! 알았어?"

"그래! 절대로 그렇게 생각 안 해!"

인수는 이미 혼미한 상태로 정신이 저 멀리 날아가 버렸다. 그렇게 날아가 버린 정신을 되찾아올 수가 없었다.

"나 오늘 밤 이 실수! 후회 안 할 거야!"

"그래, 세영아! 우리 후회하지 말자!"

"그러니까 나 책임지지 않아도 돼. 나 잠들면 그냥 가. 알았지?"

"응. 알았어."

"인수야."

세영이 차분해졌다. 어둠 속에서 인수의 얼굴을 찾았다. 두 손으로 인수의 뺨을 붙잡고는 말했다.

"인수야. 나 너 정말 사랑하나 봐. 널 도저히 보낼 수가 없어. 못 헤어지겠다고."

"나도 널 사랑해. 결혼은 너 원할 때 하자. 알았지?"

"아기 생기면 어떡해?"

"그땐 어쩔 수 없지."

세영이 고개를 끄덕였다.

그렇게 두 사람은 하나로 합쳐졌다.

인수의 머릿속에서 결혼식 팡파르가 울리고 있었다.

밖에서는 김영국이 TV를 켜고는 볼륨을 높였다.

최미연은 물을 최대로 크게 틀고는 설거지를 하고 있었다.

훗날 세영은 이날 완전히 마음이 약해져서 실수했다고 말했다.

제49장 그래도 안 된다면

트리니티 레볼루션
Trinity Revolution

제49장 그래도 안 된다면

역사가 이루어졌건만, 인수를 대하는 세영의 태도는 별반 달라진 것이 없었다.

여전히 쌀쌀한 찬바람만이 횡하니 불어올 뿐!

인수는 찬바람을 정말 싫어하거늘, 세영에게까지 찬바람을 맞으니 이 상황이 정말 싫어졌다.

'누가 내 욕하나? 귀가 간지럽네.'

'어디 봐봐.'

'어디 봐봐? 어디 하늘같은 서방님한테!'

'어디 봐요, 서방님. 여기 소녀의 허벅지에 머리를 묻어 보시와요.'

귀를 파 달라면 허벅지에 머리를 베게 한 뒤 귀도 잘 파

주고, 다리가 부어 아프다고 하면 세숫대야에 따뜻한 물을 떠 와 방안에서 발도 씻겨주던 그 착한 세영은 도대체 어디로 갔단 말인가?

그 따뜻하고 애정 많던 세영은 정말 다른 평행세계에 존재하는 것일까?

왜? 뭐? 그런데? 나 바빠. 알았어.

인수가 전화를 해도 퉁명스레 대답했고, 문자는 읽기는 하는 것인지 대꾸조차 없었다. 집에 찾아와도 찬바람을 일으키는 것은 매한가지였다.

결혼준비?

결혼의 결자도 꺼내지 못했다.

집안의 반대에도 불구하고 자신과 결혼해 주었고, 그 대가로 부모와 담을 쌓고 지냈던 그녀였다.

국회까지 진출했던 장인어른이 자살로 위장된 의문사를 당했고, 그로 인해 장모님이 심각한 우울증에 걸리며 집안은 풍비박산 났다.

그렇게 힘들 때 뜻하지 않게 민아를 갖게 되었고, 임신중독증까지 걸리는 등 불운의 연속이었다.

그런 암울한 상황에서도 세영은 인수에게 걱정하지 말라며 용기를 주었다.

우리는 잘 헤쳐 나갈 수 있다고, 힘을 북돋아 주었던 여자였다.

그런 여자가…… 지금은 혹시라도 임신을 하면 어떡하나 몹시 불안해하고 있었다.

시간이 흐를수록 생리 주기와 배란기를 따져보며 내가 미쳤지, 하며 자신의 머리를 쥐어박고 있었다.

이런 세영과는 달리 인수는 몹시 기대하는 중이었다.

만약 민아를 다시 만나게 된다면, 정말 끔찍이 아끼고 잘 키울 준비가 되어 있었다.

이미 육아 관련 서적은 다 섭렵했고, 어떻게 하면 아이를 건강하고 똑똑하게 키울 수 있는지에 대한 계획이 확실하게 선 상태였다.

민아를 하루 빨리 만나고 싶은 인수였지만, 모순적이게도 지금 상황에서는 민아가 들어서지 않기를 바랄 수밖에 없었다.

태아가 엄마뱃속에 있을 때는 그 무엇보다 중요했다. 엄마의 불안해하는 마음은 고스란히 아이에게 전달됐기 때문이다. 호르몬의 불균형이 태아의 발달에 미치는 악영향은 좌시할 수 없는 문제였다.

그렇기에 산모는 무조건 행복하고 안정된 심리를 유지해야만 했다.

"이래서는 곤란해."

물론 세영의 심리에 변화가 아주 없는 것은 아니었다.

한번은 그녀가 송대식의 전화를 받은 적이 있었는데,

"술 한잔할까요?"라는 그의 제안에 "죄송합니다만, 환자와 관련된 일이 아니면 앞으로 전화를 자제해 줬으면 좋겠다." 라고 못을 박은 것이다.

그러다 보니 송대식은 충격을 받아 밥도 못 먹고 펜조차 못 잡을 정도로 지독한 짝사랑의 열병에 시달려야만 했다.

회복중인 엄마가 오히려 멀쩡한 아들을 간병하는 처지가 되었다.

힘든 날이 계속되자 송대식은 고백을 해야겠다고 다짐했다.

그 고백은 세영의 사랑을 얻기 위한 것이 아니라, 스스로 희망고문에서 벗어나기 위함이었다.

어느 한적한 커피전문점에서 만난 송대식은 당당하게 말했다.

"김 간호사님. 아니 세영아. 나 널 사랑한다."

"네?"

"죽을 만큼 사랑해. 하지만 그만큼 네 사랑을 얻을 수 없다는 사실도 잘 알고 있어."

"작가님······."

"알아. 다 알아. 나만 짝사랑한 거야. 그동안 고마웠어. 나 같은 놈한테 용기와 희망을 줘서, 울 엄마한테 친절하게 대해 줘서 정말 고마웠어. 나 오늘 돌아가면 좋은 글쓰기 위해 내 목숨을 걸 거야. 다시 한 번, 그동안 정말 고마웠다."

송대식은 멋지게 자리를 털고 일어섰다. 하지만 세영의 부름에 우두커니 서 있어야만 했다.

"아니, 작가님……."

"응?"

"아니요. 아니에요."

세영은 지금 이 상황이 몹시 당황스러웠다.

"저 먼저 가볼게요…… 안녕히 계세요."

"으, 응……."

도망치듯 자리를 빠져나온 세영은 민숙에게 전화를 걸었다.

날이 갈수록 풀리지는 않고 더 조여만 오는 이 답답한 상황에서 어떻게 하면 벗어날 수 있을지 조언을 구하기 위해서였다.

하지만 막상 민숙과 만나니, 대화는 이상한 쪽으로만 흘러갈 뿐이었다.

"결혼해야지. 어쩔 수 없잖아? 피할 수 없다면 즐겨라."

"넌 결혼 생각은 꿈에도 없으면서 남 일이라고 너무 쉽게 말한다?"

"나는 너랑 다르지. 울 오빠부터가 생각이 없는걸?"

"그래서 그렇게 갈 데까지 가셨어? 참 속도 편해. 너 앞으로 어떡하려고 그래? 나보단 네가 더 문제다. 도대체 누가 누구에게 상담을 받고 있는 건지 모르겠네."

"좋은 걸 어떡하니."

"야. 아무리 좋아도 그렇지…."

"그래. 내가 미친년이다. 그러고 나서 걱정 엄청 한 거 너도 잘 알잖아. 애라도 덜컥 생기면 어떡하나."

"……."

세영은 무슨 말을 하려다가 말았다. 한숨이 저절로 쏟아졌다. 인수와 보낸 밤이 생각났기 때문이었다. 민숙도 사귀던 남자와 몇 달 전에 관계를 가졌다고 이실직고했었다.

뭐에 홀렸나, 어쩌다 보니 대충 후다닥 시작해서 후다닥 끝났다는 말이 지금도 귓가에 맴돌았다.

자신도 그렇게 될 줄은…… 정말 꿈에도 몰랐다.

"결혼은 결혼이고, 서로 좋으면 된 거지. 하긴 뭐, 나도 울 오빠가 인수처럼 막 결혼하자고 서두르면 막막하긴 할 것 같아. 그래도 너처럼 헤어지자고는 안 해."

민숙은 세영의 속사정까지는 알지 못했다.

"후!"

세영이 한숨을 내뱉는 그때였다.

"근데, 넌 아직 안 했냐?"

민숙이 눈을 흘기며 물었다. 민숙의 질문에 세영은 뜨끔했다.

"뭐야? 표정이 왜 그래?"

"뭐가?"

"아니야."

"근데…… 있잖아……."

임신이 쉬운 걸까? 라고 말할 뻔했다. 왜냐하면 몇 달 전 민숙 역시 세영에게 똑같은 말을 했기 때문이었다. 자신의 머리를 쥐어뜯으면서.

"응? 뭔 말을 하려는데 다른 사람도 아닌 천하의 김세영이 뜸을 1박 2일로 들여?"

민숙의 말에 세영이 입을 꼭 다물어 버렸다.

"아니야."

"아니긴 뭐가 아냐? 말해."

"아니라고."

"뭐야. 너 지금 뭐하자는 거야. 너 딱 걸렸어."

"뭘 딱 걸려?"

"표정 봐, 표정. 너 일루와."

세영은 깜짝 놀랐다. 애써 웃으며 표정관리에 들어갔지만 민숙은 호락호락하지 않았다. 손을 쑥 뻗어 세영의 팔을 꼭 붙잡았다.

"아파!"

"아프라고 그랬다. 내가 널 모를까. 너 지금 엄청 이상하거든?"

"뭐가 이상해?"

"너 이상해. 진짜 이상해."

"아, 뭐가 이상하냐고! 니가 더 이상해 가시나야."

민숙이 붙잡은 세영의 팔을 놓아주더니, 눈을 흘겼다.

"잤냐?"

"……!"

"이실직고해라. 난 널 친구로 믿고 있는 일 없는 일 다 말했다."

"그게……."

"잤네, 잤어."

"……."

"끝났네, 끝났어."

"어떻게 알았어?"

"얼굴에 다 쓰여 있거든요?"

"티 나?"

"어. 엄청 티 나."

"난 몰라."

"모르긴 뭘 몰라?"

"나 어떻게 해?"

"임신하면?"

"응."

"어떡하긴, 결혼하면 되지."

"아…… 나 진짜…… 야, 근데 임신이 딱 한 번으로 될까?"

하마터면 입 안 내용물을 뿜을 뻔한 민숙은 겨우 참아 냈다. 세영이 몇 달 전의 자신과 똑같은 행동을 보이고 있었기 때문이었다.

"그게 쉽게 되진 않더라. 야! 근데 그때 우리 지금과 똑같은 질문하고, 똑같은 대답하지 않았나? 이 상황 참 웃긴다."

그 당시 세영은 민숙의 생리 주기와 배란일을 따져가며 임신이 쉽게 되진 않을 거라고 안심시켜 주었다.

민숙도 알고 있는 내용이었지만, 다른 사람도 아닌 간호사가 꼼꼼히 따지며 말해 주니 안심이 되었던 것이다.

하지만 지금은 그 반대가 된 것이었다.

"그랬지. 아…… 몰라……."

"근데, 세영아."

"응?"

"내가 지금 진짜 궁금한 게 하나 있어서 그러는데."

민숙의 얼굴에 장난기가 가득 번져 있었다.

"뭐?"

"어디까지 벗었어? 양말은 벗었어?"

"……."

세영이 입술을 깨물며 주먹을 꽉 쥐자, 민숙이 화들짝 놀라 급히 사과에 들어갔다.

"아냐! 대답하지 않아도 돼! 미안해!"

"너……!"

"아니, 그러면 너 말고 인수!"

"헐."

세영의 주먹이 부르르 떨렸다. 폭발하기 일보 직전이었다.

"인수 다 벗고 양말만 못 벗었구나?"

"야!"

"남자는 다 똑같아. 인수라고 별수 없네."

민숙이 혀를 빼꼼 내밀더니, 가방과 옷을 챙겨 들고는 부리나케 도망쳤다.

"거기서! 넌 잡히면 죽었어!"

"엄마야!"

민숙과 헤어진 세영은 인수의 집으로 향했다.

자기도 모르게 발걸음이 신혼집을 향해 움직인 것이다.

문 앞에서 한참을 망설였던 그녀였지만, 막상 집 안으로 들어가니 지저분한 것들이 눈에 밟혀 팔을 걷어붙이고는 청소를 시작했다.

이불을 정리하고, 빨래를 돌리고, 설거지를 하고, 청소기를 돌리고.

베란다에 나란히 놓인 의자를 치우며 청소기를 돌리는 그때 반짝거리는 머리핀 하나가 시선을 사로잡았다.

"……?"

청소기 본체를 열어 먼지와 머리카락이 뒤엉킨 그 속에서 머리핀을 꺼내 확인해 보니, 자신의 것이 아니었다.

세영의 얼굴이 순간 무표정해졌다. 그 어떤 표정도 읽을 수가 없었다.

청소기를 다 돌린 세영은 냉장고를 열어 보았다. 냉장고를 열어 보니, 어머니께서 해 온 음식이 있었다.

열어서 맛을 보았다.

"……."

세영은 바로 장을 보러 나갔다. 밥을 짓고, 꽈리고추를 멸치와 볶아 밑반찬을 만들고, 무를 채 썰어 된장국을 끓였다.

일을 끝마친 세영은 소파에 앉아 집 안을 둘러보았다.

핸드폰을 만지작거리던 세영은 된장국을 끓여두었다고 문자를 보내려 했으나, 이내 인수의 얼굴이 떠오르자 그만두었다.

메모라도 남길까 하다가, 그냥 가방을 챙기고는 집을 빠져나왔다.

집으로 돌아온 인수는 기분이 몹시 좋아졌다.

이불을 정리하는 것과 물건을 정리하는 방식이 엄마의 그것과 조금 달라서 세영이 다녀간 것을 단번에 알아챈 것이다.

된장국은 온기가 조금 남아 있었고, 냉장고를 열어 보니 밑반찬이 준비되어 있었다.

인수는 엄마가 해 준 음식보다는 세영이 만든 음식이 훨씬 입에도 맞고 맛이 있었다.

이 정도만으로도 인수는 기분이 좋았다.

하지만 세영이 부모님에게도 좀 더 적극적으로 잘해 주었으면 싶었다.

그때와는 달리 모두가 행복해야 하기 때문이었다.

"시간이 걸리겠지. 못된 녀석도 아니고."

인수는 기다려주기로 또 다시 마음먹었다.

하지만 그의 바람과는 달리, 안달이 난 김선숙은 남편을 달달 볶고, 인수가 집에 오면 인수까지 닦달했다.

"그랗께 결혼을 한단 것이여! 만단 것이여!"

"엄마. 엄마 며느리 될 사람 조금만 더 이해해 줍시다. 솔직히 스물여섯에 결혼이 빠르긴 하잖아."

"뭐시여? 오메, 인자 와서 또 뭔 소리를 고라고 느자구 없이 해분다냐?"

"아따, 알았어. 알았다고. 최대한 빨리 진행할 테니까 그렇게 아세요."

"뭐슬 알어? 참말로 내가 속이 터져 미쳐 불겠네. 너 사돈 어른한테 뭐라고 그랬어?"

"뭘요?"

트리니티 레볼루션
Trinity
Revolution 6

"뭘요? 니가 속상해서 검사 그만 둬불거라고 그랬담시로? 니 시방 미쳤냐?"

"그것이 속상해서 그런 것이 아니고. 아, 그리고 미치긴 뭘 미쳐요. 엄마는 진짜 말을 해도…… 참, 너무하네."

"나가 뭐시 너무해! 니가 너무하지!"

"그것은 그냥 내 개인의 문제여. 엄마 며느리랑은 아무 상관없어요."

"뭐시여? 그것이 개인의 문제여? 야가 진짜 사람 미치고 환장하게 만드는데 뭐시 있네?"

"아따, 나도 죽겠소. 그만합시다."

인수도 이제는 집에 들어가고 싶지가 않았다.

그런다고 세영이 자신의 마음을 알아주고 위로해 주는 것도 아니었다.

사실 일을 그만두는 것은 세영과의 관계 때문이라기보다는 더 큰 스펙을 쌓아 사법부를 개혁하기 위해 유학 일정을 앞당기기 위함이었다.

하지만 일단 보류하기로 했다. 앞으로 김민국 후보가 대통령이 되는 과정에서 당하게 될 그 끔찍하고 험한 과정들을 막기 위해서라도 자리를 지켜야 했다. 그리고 현직 검사로 당장 처리해야 할 문제들이 산재해 있는 것을 외면할 수는 없었다.

그나마 다행이라면 다행인 것은, 김선숙 여사께서 엄청

바빠졌다는 사실.

여기저기에서 '어떻게 하면 내 자식을 인수처럼 키울 수가 있나요?' 라는 문의가 들어와 상담을 해 주다 보니, 그 상담 내용이 유쾌했던지 입소문이 나게 되었고, 한 방송국의 출연 제의가 들어와 방송출연을 시작한 것이었다.

하지만 방송 섭외가 들어와 준비를 할 때면 김선숙은 180도로 바뀌었다.

가장 큰 변화는 사투리를 고치기 위해 무진장 애를 썼고, 교육과 관련된 책을 사와서 열심히 읽고 남편과 토론까지 한다는 것.

하지만 박지훈은 이럴 때가 가장 힘들었다.

"당신 도대체 책을 읽긴 한 거야?"

"그라제라."

"근데 지금 뭔 소리를 하고 있는 거야?"

"이 말이 그 말이 아니어라?"

"뭐가 이 말이 그 말이야? 지금 이 책에서 말하는 건 사교육을 받지 않은 아이들의 성공은 꼭 좋은 대학에 입학했다는 결과를 의미하는 게 아니라, 그 과정 속에서 느끼는 아이들과 가족의 행복이라는 것을 의미한다는 거잖아."

"그것이 명문대를 확 들어가불었응께, 아니 들어갔으니까 행복한 것이지요, 무엇이 행복이겠습니까?"

박지훈이 두 눈을 감더니 뜨거운 한숨을 코로 내뿜었다.

"하, 여보. 책을 읽을 때 당신이 보고 싶은 것만 확인하려고 하지 마. 그리고 PD들이 당신을 좋아하는 건 그냥 당신 그 자체야. 그 어설픈 서울말 안 해도 돼."

"아따 언제까지 이런 모습을 보여라."

"교양이 흉내만 낸다고 되는 거야?"

김선숙의 얼굴이 순간 굳어졌다.

"이 양반이 진짜!"

헉.

"아니야. 노력해야지. 자 대한민국 사교육 현실에 대해 다시 얘기해 봅시다."

"그러니까요, 나가 하고 싶은 말은 우리 인수처럼 사교육에 돈을 한나도."

"하나도."

"하나도 안 들여도 될 놈은."

"될 아이는,"

"될 아이는 다 된다는 것이지요."

"그람."

"동의하요?"

"암만."

"음, 어째 겉으로만 그란 척하는 것 같은디?"

"아녀. 이 마음으로 동의하고 있어."

그때 안방에서 박지훈의 핸드폰이 울렸다.

"어, 전화 왔네. 잠깐만."

박지훈은 그 벨소리가 너무나도 반가웠다. 잠시나마 김선숙에게서 해방될 수 있었다. 방문을 닫고는 액정화면을 보았는데, 사돈어른의 전화였다.

"아이고, 사돈어른. 안녕하십니까?"

박지훈은 통화를 하며 문을 열고는 다시 거실로 나왔다. 김선숙에게 눈치를 줄 필요가 있다고 판단했다. 하지만 김선숙은 다시 인수가 떠올라 천불이었다.

"이 염병할 놈. 지 싫다는 가시나한테 쏙 빠져갖고 어메 속을 아주 썩어 문드러지게 하고 자빠졌네."

[……]

김선숙의 목소리가 김영국의 귀에도 똑똑히 들렸다.

◇ ◆ ◇

인수의 집.

심각한 표정으로 뉴스를 보던 인수는 리모컨을 눌러 TV를 꺼버렸다.

김민국 대통령 후보의 아들 김주성이 디스크 판정을 받아 정당한 방법으로 병역 면제를 받았는데, 이를 병역비리로 둔갑시킨 어버이나라사랑협회의 시위가 갈수록 과격해지고 있었다.

이들의 과격시위는 국가정보원을 수술할 시기가 임박했다는 것을 알리는 신호이기도 했다.

하지만 하나 걸리는 것이 있었다.

"윤철이가 제일 걱정이네."

윤철이 걱정되는 그때 공교롭게도 윤철의 전화가 걸려왔다.

"어, 윤철아."

[뉴스 봤어? 와, 난리도 아니다. 열 받아서 도저히 가만있지 못 하겠어. 뭐라도 해야겠는걸? 디스크판정 자료를 내가 SNS에 뿌릴까?]

잠시 고민 끝에 인수가 입을 열었다.

"윤철아."

[응?]

"뿌려도 가짜라고 더 난리만 칠 거야."

[어. 그것도 그렇고, 이완영이랑 핵심인물들은 불체포특권이다 뭐다 해서 불구속 기소에 집행유예까지. 아, 열 받아. 또 몸통은 다 피해갔어. 아니 어떻게 서한철이 쥐고 있던 이완영 그 양반 성접대 동영상이 증거로 방송까지 다 탔는데 빠져나갈 수가 있는 거야? 이런 법꾸라지들 같으니라고.]

"너 이번 건은 빠지는 게 좋겠어."

[나?]

"그래, 너 말이야, 너."

[왜?]

"위험해."

[그렇게 위험해?]

"그래. 내가 위험하다면 그런 줄 알아."

[그래도 나 안 무서워. 너야말로 지금 조심해야 돼. 남정우도 그렇지만, 광수대 움직임이 예전 같지가 않아.]

"알고 있어."

[광수대…… 뭔가 높으신 분들에게 따로 지시를 받은 거 같더라.]

"후, 그래. 지금부터야말로 박재영 총장의 칼이 가장 중요한 시기인데, 이 양반도 사실 고졸 출신 대통령을 절대로 인정하지 않거든."

[우리 높으신 총장님께서는 언제 정신 차리실까?]

"그 양반은 엘리트주의자라 평생 정신 못 차려. 아마 관 속에 누워 관 뚜껑에 흙 떨어지는 소리 들어도 정신 못 차릴걸? 지금 어버이나라사랑협회 노인들 저렇게 조종당하고 있는 거 봐. 민정수석부터 해서 검찰총장에 국정원 핵심 인물들, 그리고 사법부까지 모두 다 뜻이 같으니까 일어나는 안타까운 현실이야."

[왜 다들 그렇게 김민국을 싫어하지?]

"싫어한다기보다는 인정하고 싶지가 않은 거지. 일단

트리니티 레볼루션
Trinity
Revolution 6

남정우부터 조심해."

[남정우? 그 사람도 포기를 모르네.]

"남정우 개인성향도 성향이지만, 중요한 건 박재영이 다시 내 발목을 잡으려고 달달 볶는 바람에 열심히 좁혀오고 있는 거야."

[그래봤자, 남정우 그 양반은 어설프기만 하던데?]

"그래도 나름 집요해. 네 말대로 어설프지만 포기를 모르는 인간이야. 거기에 이완영을 비롯해 기소된 72인도 박재영이 중심이 아니라는 것을 의심하기 시작했고."

[알았어.]

"그래."

윤철과 통화를 마친 인수는 한동안 손에 쥔 전화기를 놓지 못했다.

이 찝찝한 기분은 무엇일까?

대선을 앞두고 있는 지금, 김민국 후보 죽이기가 시작되었다. 그 배후에는 임기 말에 들어선 이규환 정권을 비롯해 고졸 출신을 대통령으로 인정할 수 없는 검찰들과 국회의원들, 그리고 국정원과 사법부가 존재했다. 이제 곧 국정원의 요직에 앉아 있는 누군가가 야당의 오진선 의원에게 익명의 편지를 보낼 것이다.

해도 해도 너무하기 때문이었다.

그 편지의 내용은 일명 김민국 후보 때려잡기 문건으로

불렀다. 어버이나라사랑협회를 움직여 과격한 집회와 시위를 전국적으로 실시하는 등 김민국 후보에 대한 부정적인 여론을 조성하기 위한 국정원의 행동지침이 낱낱이 기록되어 있는 것이었다.

진실을 거짓으로 만들어버리는 과격시위대의 선동은 아무런 죄도 없는 사람과 그 가족을 피를 말려 죽였다.

대통령이 공식브리핑을 통해 해명하고 또 해명해도 과격시위는 거칠어졌다. 국정원이 특활비로 노인들을 조정하고, 검찰이 뒤를 봐주기 때문에 입건조차 되지 않았다.

김민국 후보의 아들 김주성의 병역비리를 재수사하라며, 시위에 참여해 삭발식을 거행한 노인들은 한 사람당 2백만 원을 받았다.

집회와 시위에 끌어들일 노인들이 부족하니, 탈북자들까지 동원했다. 인당 2만원이었다.

그것도 모자라 어버이사랑협회 사무장은 탈북자들을 상대로 집회가 있으면 먼저 정보를 주겠다는 조건으로 탈북자들의 정부보조금을 가로챘다.

이놈들을 어떻게 해야 할까.

이완영과도 같은 몸통들이 빠져나온 상황에서 어쩌면 가장 큰 싸움이 될 수도 있었다. 앞으로 인수가 상대해야 할 사람들은 대한민국 최고의 두뇌집단들이다. 말 그대로 엘리트를 자처하는 자들이다.

문제는 국정원이 아니었다. 고졸 출신의 대통령을 절대로 인정하지 않는 일명 엘리트들의 협조를 어떻게 끊어야할 것인가.

거기에는 청와대와 국회는 물론이요, 박재영을 포함한 검찰 요직들과 대법관이 이끄는 사법부까지도 포함되어 있었다.

오죽했으면 변영하 교수가 사방이 다 적이라고 했을까.

김민국 대통령처럼 서민을 위한 정책을 펼친 변영하교수가 지금 이 시기에 정책실장으로 청와대에 입성했다면, 자신의 정책을 펴지도 못한 채 청와대에서 쫓겨나지는 않았을 것이다.

과연 정치란 엘리트들만이 도맡아 해야 하는 것인가.

엘리트 집단이 정의와 불의 앞에서 절대로 변질되지 않는다는 조건이라면 인수도 찬성이었다.

하지만 이상하게도, 배울 만큼 배우고 가질 만큼 가진 이들이 정의와 불의 앞에서 변질되기 쉬운 것이 현실이었다.

여기까지 생각한 인수는 샤워를 하러 욕실로 들어갔다.

샤워를 마치고 수건으로 머리를 털며 욕실을 나온 인수는 하마터면 기겁할 뻔했다.

"뭐야!"

"아이고, 저 화상."

인혜와 수연이 거실 소파에 앉아 있는 것이 아닌가!

인수는 소중한 곳부터 수건으로 가리며 다시 욕실로 도망치듯 들어갔다.

"오빠 옷 가져와!"

"뭐가 예뻐서? 다른 데 보고 있을 테니까 나와서 입어!"

"저게 진짜! 빨리 안 가져와?"

"알았어!"

인혜가 문틈으로 갈아입을 옷을 건네주었다. 하지만 신경질적으로 쑤셔 넣고 있었다.

"뭐하자는 거야? 왔으면 왔다고 말을 해야지!"

"시끄러! 똥 싸고 있는 줄 알았지!"

"너 앞으로 오지 마."

"뭐? 참나, 이 오빠 아직 정신 못 차리고 있네. 지금 뭐시 중한지 전혀 모르네?"

인혜는 무척 화가 난 상태였다.

"오지 마라고."

"시끄럽고 빨리 나와 봐. 나 오빠한테 할 말 있어 왔으니까."

할 말이 아니라 따질 것이 있겠지.

"뭔 할 말?"

"아 됐고. 빨리 나와."

"후!"

인수가 참을 인 자를 새기듯 한숨을 내뱉으며 밖으로 나
오자, 수연이 부끄럽고 민망하다는 듯 시선을 피했다. 이미
볼 건 다 봤다. 인혜에게 강제로 붙잡혀 들어온 것이다.

　"앉아봐."

　"너까지 왜 이래?"

　요즘 엄마에게 시달려 힘들었다.

　"왜 이래?"

　"오빠, 피곤하다."

　"피곤하시겠지."

　인혜가 수연을 노려보자, 수연이 죄인처럼 또 시선을 피
해 창밖을 보았다.

　"둘이 잤다며?"

　"……."

　"인혜야, 그게 아니라니까!"

　"넌 닥쳐! 했든 안 했든 한 집에서 같이 잔 건 잔 거잖아!"

　헐…….

　인수는 할 말을 잃고 말았다. 수연도 마찬가지였다.

　수면마법으로 잠들었던 수연은 늦잠을 자고 깨어났는데,
인수가 해장국이라며 콩나물국을 끓여놓고는 아침을 차려
준 것에 감동을 받았다.

　음식도 음식이지만, 자신이 깨어날 때까지 기다려준 것
이 너무나도 고마웠다.

비록 잠들긴 했지만, 인수의 집에서 나올 때는 사랑을 받은 것 같아 그날을 생각하면 지금도 행복감이 밀려왔다.

입이 근질거려도 몇 번을 참았는데, 평상시와 달리 들떠 있는 모습에 인혜에게 딱 걸리고 말았다.

"너 울 오빠랑 뭔 일 있지? 확, 불어라. 그래, 언제까지 버티나 보자."

추궁의 추궁 끝에 수연은 이실직고할 수밖에 없었다. 하지만 네가 생각하는 그런 일은 절대로 없었다고 못을 박았건만, 인혜는 그냥 넘어가지 않고 여기까지 끌고 오고야 만 것이었다.

"너 남자가 어째 그 모양이냐?"

와, 김선숙보다 한 수 아니 몇 백 수 위다.

"하……."

"인혜야!"

"넌 조용 안 해?"

인혜가 수연을 노려보자, 수연이 또 죄인처럼 고개를 숙였다.

"말해 봐. 도대체 내 친구 수연이 어떻게 하려고 그래?"

"하, 인혜야. 너 진짜 오버하지 마라."

인수는 말을 하며 수연의 표정을 보았다. 수연은 난감한 표정으로 인수를 향해 미안해요, 라고 말하고 있었다.

"뭐가 오버야?"

"인혜야, 있잖아."

수연이 또 재빨리 나섰다. 어떻게든 여기까지 끌려오지 말았어야 했는데, 그것이 인수에게 너무나도 미안했다.

"인혜야, 네가 생각하는 그런 거 정말 아니야. 그날 오빠랑 둘이 술을 너무 많이 마셨고, 파파라치들도 있고 해서 일단 오빠 집으로 온 거야."

하지만 진실은, 하마터면 둘이 위험한 단계까지 갈 뻔했다는 것이고, 인혜는 이 진실을 본능적으로 직감하고 있었다.

"그러셨어요? 언니가 퍽도 좋아하겠다."

인혜가 인수를 째려보았다. 인수는 할 말을 잃고 말았다.

"너 계속 이럴래?"

할 수 있는 말은 이것뿐이었다.

"우와, 이 도둑놈 말하는 거 봐라? 너 결혼할 거야, 안 할 거야? 솔직히 말해 봐. 너 땜에 불똥이 나한테 튀어서 나 요즘 얼마나 짜증나는지 알아? 엄만 나만 보면 파리채로 때리고 난리라고! 도대체 내가 뭔 죄야!"

"수연이 때문이 아니야. 왜 얘를 지금 곤란하게 하는데?"

인수가 조용히 말했다.

"그럼 뭐? 뭣 땜에? 언니랑 둘이 요즘 왜 그러는데? 왜 주변사람들 힘들게 하는데? 그리고 오빠가 언제 수연이랑 술을 그렇게 많이 마셨어?"

"그냥 오빠랑 언니 사이의 문제야. 지금 좋아지고 있어. 좋아지고 있으니까…… 오빠가 미안하다."

미안하다.

그 말은 수연에게도 들려왔다.

수연은 인수의 좋아지고 있다는 말에 하마터면 울컥하며 눈물이 터져 나올 뻔했지만 겨우 참았다.

잠깐 언니랑 싸워 사이가 안 좋아진 틈에 자신을 스쳐 지나간 것일 뿐이라는 사실은 잘 알고 있었지만, 한편으로는 그것이 희망고문이 되어 지독한 열병을 겪게 되는, 도저히 어찌할 수 없는 짝사랑인 것이다.

수연은 일부러 활짝 웃었다. 영화와 드라마에서 여배우로 성공해 주가를 올리고 있는 그녀의 뛰어난 연기가 펼쳐졌다.

"인혜야! 나도 미안해. 그날 내가 실수한 거야. 집에 들어갔어야 했는데…… 내가 그날 소주를 4병이나 마셨지 뭐야?"

"저 미친년, 썩을 년, 염병할 년……."

"너 그 입 조심 좀 안 해?"

"뭘 조심해! 아, 정말 화딱지나 죽겠네! 아이고, 속 터져! 야! 이 멍청한 가시나 년아! 내가 이렇게까지 끌고 왔으면 용기를 내서 말해야 할 거 아니야! 넌 도대체 내가 누구 편이라고 생각하는 거야?"

"아휴, 애 정말 못 말리겠네……."

"말해!"

인혜가 오히려 울컥해서 울음보가 터지기 일보직전이었다. 그런 인혜와는 달리 수연은 아무렇지도 않은 것처럼 활짝 웃으며 말했다.

"인혜야, 네가 생각하는 그런 거 아니야. 정말 아니야. 오빠 곧 결혼하잖아. 그냥 너처럼 나도 오빠동생이라고. 왜 자꾸 그래? 응? 내가 아니라고 그랬잖아?"

활짝 웃는 수연.

"이 멍청한……!"

꺼이꺼이.

인혜는 기어코 눈물을 터트리고 말았다.

그렇게 펑펑 울면서 소리쳤다.

"너 앞으로 울 오빠 접근금지야! 전화도! 문자도! 하지 마."

"꼭 그래야만 해? 후! 너 정말……."

"이, 이익!"

인혜가 울다가 이를 악물었다.

"됐어! 하지 마라면 하지 마! 이 바보 멍청아! 좀 솔직해봐! 너 울 오빠……!"

순간 수연이 원망스럽다는 눈으로 인혜를 노려보았다.

꼭 이렇게까지 해야겠어?

이제 그만해. 부탁이야.

그 눈의 의미를 읽은 인혜가 벌떡 일어서더니, 가방을 챙기고는 밖으로 나가 버렸다.

"오빠…… 제가 죄송해요."

"수연아."

"오빠. 아무 말 마세요."

수연도 가방을 챙기고는 일어서서 현관으로 향했다. 그러더니 뒤돌아 말했다.

"오빠, 결혼식 날짜 잡으시면 빨리 알려주셔야 해요. 그날 우리 엔젤스 다 함께 가려면 스케줄 비워야 하니까요. 알았죠?"

수연이 다시 활짝 웃으며 손을 흔들었다.

"저 계집애 죽었어! 야, 박인혜! 너 거기 안 서!"

닫히는 현관 문틈으로 수연의 목소리가 새어 들어왔다.

인수는 닫힌 현관문을 물끄러미 바라보았다.

그냥 그렇게 오래도록 서 있을 뿐이었다.

수연을 위해서라도, 자신과 세영을 위해서라도 잘못된 길을 가면 안 된다는 것을 잘 알고 있지만…….

앞으로 세월이 흐르다 보면 또 만날 수가 있다.

인혜의 말대로 남남이 되어야 하는 걸까.

그래도 안 된다면…….

그때는 정말 어떻게 해야 하는 걸까.

서로가 상처 받지 않으려면, 난 어떤 노력을 해야 할까.

좋은 오빠, 좋은 동생.

개소리다.

이렇게까지 내가 좋아서 다가오는 저 아이…….

매몰차게 밀어내지 못하는 나.

인수는 복잡한 심정으로 창가로 다가가 수연을 내려다보았다.

수연이 위를 올려다보며 말하고 있었다.

오빠, 세월은 어디에서나 흐르고 만날 수 있으니 우리 이제 그만 정리해요.

그날 밤, 실수가 아니란 거 알아요. 오빠도 절 좋아한다는 걸 알았어요.

그러니까 우리가 서로를 위해 독하게 마음을 먹고 정리를 해야 해요. 어차피 전 오빠를 붙잡는 방법을 몰라요. 그러니까 더더욱 정리해야 해요.

저 이제 단념할게요.

오빠, 안녕.

인수는 수연의 쓸쓸한 모습을 내려다보고 있노라니, 마음이 짠해 왔다.

차라리 못돼 먹은 녀석이었으면 여기까지 오지도 않았을 것이고, 지금 이렇게까지 마음이 불편하지도 않았을 테니까.

그렇게 한참을 내려다보던 인수가 유정에게 전화를 걸었
다.

"집으로 와."

통화를 끝낸 인수가 창밖을 다시 내려다보았다.

한강 밤풍경은 너무나도 아름다웠다.

트리니티 레볼루션
Trinity Revolution

제50장 역습

유정이 초인종을 누르자 인수가 문을 열어 주었다.

"늦은 시간에 뭐야? 내가 오라면 오고 가라면 가는 걸이
야?"

"중요한 일이라서. 밤 늦게 미안하다."

"됐어."

유정이 냉장고에서 술을 찾다가 맥주를 골라 뺐다.

"너도?"

"아냐."

소파로 돌아와 앉은 유정은 맥주를 홀짝일 뿐 아무런 말
도 하지 않았다.

"아버지 일은……."

"됐어. 말하지 마. 어차피 엄마가 선택한 일이잖아."

유정은 아빠를 대신해 엄마가 모든 증거를 지금까지 지키고 있었다는 것과 그것을 인수가 알고 있었다는 것이 놀라울 뿐이었다.

서한철은 아직까지도 유정을 속이고 있었다. 어쩌면 유정은 다 알면서도 기다리고 있는지도 모를 일이었지만 말이다.

화이트존을 통해 확인해 보고 싶었지만, 두 사람이 서로 풀어야 할 문제였기에 더 이상 속을 들여다볼 수는 없었다.

"다 마셨어?"

인수는 유정의 옆으로 다가가 물었다.

"왜?"

유정이 문득 올려다보며 대답하는데 인수의 손에 반바지가 들려 있었다.

"다 마셨으면 이걸로 갈아입고 침대에 누워봐."

유정의 턱이 쩍 벌어졌다.

"이 미친놈이."

"일이니까 오해는 마. 그것도 아주 중요한 일이야."

"지금 뭐 하자는 거야? 내가 그렇게 매달릴 때는 눈 하나 깜짝 안 하더니?"

"일이라고."

"응?"

유정은 정신을 차렸다.

"일단 갈아입고 누워. 설명해 줄게."

"뭐야."

인수가 반바지를 툭 던져주고는 안방으로 들어갔다. 유
정은 입술을 삐죽거리며 바지를 벗고는 반바지로 갈아입었
다.

인수는 침대 옆에 서서 손으로 유정을 안내했다.

여기에 누우라는 것이었다.

"도대체 뭐 하자는 거야? 세상에 이런 업무가 어디에 있
어?"

유정이 침대에 배를 깔고 누웠다. 별생각이 다 들었다.
일이랍시고 뒤에서 덮치려나? 인수가? 그러면 난 어떡해야
하는 거지?

"똑바로."

"아, 거."

유정이 툴툴거리면서도 시키는 대로 했다.

"자, 됐냐?"

"응."

인수가 침대 위로 올라와 유정의 새끼발가락을 꼬집듯
만졌다.

"……!"

유정은 깜짝 놀랐다.

"아, 뭐야!"

"기다려 봐."

새끼발가락부터 시작된 지압은 엄지발가락을 거쳐 발바닥과 발등을 지나 정강이와 함께 종아리를 타고 올라갔다.

인수의 지압이 무릎을 지나 허벅지로 올라올 때는 하마터면 신음소리가 나올 뻔했다.

"흡!"

오묘했다. 근육의 긴장이 풀리면서도 뭔가 알 수 없는 희열과 쾌감이 온몸을 올라와 파도처럼 휩쓸며 지나가자, 머리에 땡! 하고 종소리를 울리며 충격을 주었다.

"뭐야!"

유정이 상체를 일으키며 소리쳤다. 도대체 뭐하자는 거냐고!

"잘 배워둬. 곧 네가 해야 할 일이야."

"누구한테?"

"일단 배워. 신체 중앙에서 가장 멀리 있는 곳부터 시작이야. 잊지 마."

인수의 엄지손가락이 허벅지 환조혈을 지압하자 유정은 손으로 입을 틀어막을 수밖에 없었다.

신세계였다.

"정신 차려."

저 멀리 아득한 곳에서부터 인수의 목소리가 들려와 유정은 정신을 차렸다.

"유정아. 정신 차리라고."

"응?"

"남자는 많이 다르니까 정신 똑바로 차리고 배워야 돼."

"알았다고……."

◇ ◆ ◇

다음 날.

윤철은 편의점에 들러 삼각 김밥과 라면을 콜라와 함께 먹은 뒤 시원하게 트림했다.

"꺼억. 이 녀석은 뭐하고 있으려나? 또 클럽에서 노나? 하여튼 이 녀석은 내가 먼저 전화하기 전에는 단 한 번도 먼저 전화를 안 해."

핸드폰을 만지작거리던 윤철은 용기를 내어 유정에게 전화를 걸었다.

[뭐야.]

"어. 서 수사관님 안녕하십니까?"

[왜 뚱땡아.]

"왜는. 목소리라도 듣고 싶어서 전화했지."

[왜? 내 목소리가 왜 듣고 싶은데?]

"어 딱히 이유가 있어서는 아니야. 듣고 싶으니까 듣고 싶은 거지."

[이유가 없는 게 어디 있어? 내 목소리 들으면 뭐 꼴려?]

"어…… 보고 싶은 건 사실이지만 무슨 말을 그렇게……."

[시끄러. 야동보고 딸이나 쳐.]

"헐…… 이번 사건 땜에 야동도 다 막혔단 말이야."

[그래서 지금 나보고 어쩌라고!]

"아니 누가 뭘 어쩌래? 넌 왜 늘 나한테 화가 나 있냐?"

[니가 만만해서 그런다.]

"어, 알았다."

[아, 왜 전화했냐고!]

"그냥 했다고."

[내가 쓸데없이 전화하지 말랬지?]

"거 되게 뭐라 하네. 인수한테 작업 걸다가 또 차였냐? 왜 나한테 신경질이야?"

[꺼져.]

"너무하네."

뚜뚜뚜뚜.

"헐."

유정이 매몰차게 전화를 끊어버렸다.

윤철은 핸드폰을 끄려다가 사진첩을 열어 사진을 보았다.

자신과 인수의 중간에서 양쪽으로 어깨동무를 한 유정이 활짝 웃고 있는 사진이었다.

"헤, 예쁘다. 어떻게 갈수록 예뻐지냐?"

사진을 보며 흐뭇해하고 있는 그때 윤철은 유리창에 반사되는 남자로 인해 뒤를 돌아보았다.

'남정우.'

윤철은 과자 봉지를 하나 집어 들고는 계산대로 향했다. 트렌치코트의 추적자가 물건을 고르는 척하면서 윤철을 힐끗힐끗 보고 있었다.

◇ ◆ ◇

윤철은 과자 봉지를 들고는 골목을 계속 돌다가 다시 큰 도로로 나가 택시를 잡아타고는 남정우의 미행을 따돌렸다.

따돌린 것을 확신했으면서도 한동안 집으로 돌아가지 못했다.

일부러 심야영화를 찾아보았고, 혼자서 술집에 들어가 맥주를 홀짝거렸다.

그러면서도 집에서 먹을 과자 봉지는 꼭 챙겼다.

"남정우 저 양반 어설프면서 끈질기네."

그렇게 밖에서 방황을 끝내고 집으로 돌아와 문을 열며

인수에게 전화를 걸었다.

"어 시간이 많이 늦었네. 네 말대로 남정우가 따라붙었더라. 응. 잘 따돌렸지. 걱정 마. 그래, 알았어."

그렇게 전화를 끊었을 때였다.

윤철의 작업 공간.

상황실처럼 깔린 모니터 앞에서 한 남자가 의자를 돌리며 말했다.

"돼지. 여전하네?"

"……!"

동공이 확장된 윤철의 눈은 상대의 얼굴을 똑똑히 보았다.

"오랜만이야. 나 알아보겠어? 형이야. 무열이 형."

윤철은 다리의 힘이 쭉 빠져 주저앉고 싶어졌다. 집에서 먹을 과자 봉지가 바닥에 툭 떨어졌다.

"선배를 봤으면 인사부터 해야지."

"아…… 안녕하세요."

"우와, 이런 장비들은 도대체 어떻게 구한 거냐? 아주 첨단의 첨단인데? 너 이걸로 뭘 하는 거야?"

김무열이 의자에서 몸을 일으켰다.

"뭐 차차 알게 되겠지?"

그의 손에는 사진액자가 들려 있었다.

윤철이 편의점에서 보며 좋아했던 그 사진이었다.

"이 걸레가 형사라니. 인수, 박인수. 내 팔을 부러뜨린 놈은 검사가 됐고. 난 그것도 모르고 우리 착한 동생 영호만 죽이려 했지 뭐야."

"무슨 말인지……."

"무슨 말이긴. 이놈에 관한 말이지."

무열이 사진 속의 인수 얼굴을 손가락으로 툭툭 쳤다.

"언제부터야?"

"네?"

"이놈 밑에서 일 시작한 거."

"아니요? 저 누구 밑에서 일하는 사람 아닙니다. 개인 취미니다."

"취미라…… 뭐 그럴 수 있지."

"그럼요. 형도 한번 해 보세요. 재미있어요."

"재미있어?"

"네."

무열이 앞으로 다가와 윤철의 눈앞에서 박수를 쳐주었다. 짝짝짝. 박수를 칠 때마다 바람이 일어나 윤철의 눈을 자극했다. 윤철은 눈을 깜박거렸다.

"어울려."

"네?"

"저기 앉아 남들 떡치는 거 엿보면서 딸딸이나 치고 사는 게 너한테는 딱 어울리고 좋아 보인다고."

"감사합니다."

"그래. 하지만 창피하잖아?"

"맞습니다. 부끄럽습니다."

"그러면 조용히 살아야지."

"주제를 알고 조용히 살고 있습니다."

김무열이 윤철을 노려보았다. 윤철이 입을 꼭 다물었다.

"남의 사생활을 몰래 엿보면서 딸을 치든 아들을 치든다 좋아. 근데 그걸 굳이 대한민국 검사에게 알려주면 쓰나?"

"그런 적 없습니다."

"없어?"

"네. 없습니다. 개인의 취미입니다."

"취미가 대단해. 영통의 김희수 알지?"

"어 누군지……."

김희수의 이름이 언급되자 윤철은 심장이 터질 것처럼 뛰기 시작했다. 묻는 말에 대답하는 것조차도 힘이 들 정도였다.

"알 텐데."

"모르겠는걸요. 그 사람이 왜요?"

윤철의 두 눈은 떨리는 순간에도 무열에게 묻고 있었다.

그놈이 보내서 온 것이냐고.

"그 사람이 왜?"

124   트리니티 레볼루션
Trinity
Revolution 6

"아…… 그 김희수라는 사람이 보내서 온 건지 해서요."

"너 내가 그런 삼류 양아치 밑에서 일하는 줄 아는 구나?"

"아닙니다."

"그래, 아니야. 나 엄청 높으신 분들 밑에서 일해."

"아, 네. 인생이 잘 풀리신 거 같아 보기가 매우 좋습니다."

"돼지. 여유 있네?"

더 이상 말은 끝났다.

과자 봉지를 줍는 척한 윤철이 재빨리 몸을 돌려 문을 열고 나가려는 순간이었다.

빠악.

언제 옆에 서 있었는지, 숨소리조차 없었던 남자가 둔기로 윤철의 뒤통수를 가격했다.

철퍼덕, 윤철은 그대로 쓰러지고 말았다.

◇ ◆ ◇

윤철이 다시 눈을 떴을 때는 자신의 집 욕실, 욕조 안이었다.

온몸이 결박되어 있어, 꼼짝할 수가 없었다. 어떤 약을 주입했는지 몸에 힘이 들어가질 않았다.

쏴아아아아아.

신기하게도 물소리가 눈앞에서 어떤 파장으로 보였다. 귀를 통해 들리는 물소리와 눈앞의 파장이 일치했다.

윤철은 〈LSD〉라고 생각했다.

"돼지 눈 떴네. 샤워기 줘 봐."

김무열의 목소리도 파장으로 나타나 곡선을 그렸다.

쏴아아아.

수건이 얼굴을 덮었다. 앞이 보이지가 않았다. 차가운 물이 얼굴과 수건을 적셨다. 호흡을 하면 코와 입술을 통해 물이 들어왔다.

"커, 컥! 살려 줘!"

"뭐야? 아직 시작도 안 했는데."

"원하는 게 뭡니까?"

수건이 벗겨졌다. 윤철은 자신의 목소리도 파장으로 보여 당황스러웠다. 앞으로 무슨 말을 내뱉게 될지 모를 상황이었다.

"원하는 거? 그게 우선이 아니고. 일단 물부터 먹어 봐."

물은 욕조 안으로 계속 쏟아졌다.

윤철의 몸이 점점 잠기고 있었다. 몸을 일으키려고 하면 수건이 얼굴을 덮었다. 강력한 힘이 얼굴을 짓눌러 바닥에 처박혔다.

끔찍했다. 이대로 죽겠구나 싶으면 지옥에서 벗어나며

수건이 벗겨졌다.

"제발! 제발 살려 줘!"

윤철이 비명을 내질렀다.

또 다시 수건이 덮여졌고, 욕조 바닥에 얼굴이 처박혔다.

"커, 커컥!"

"돼지."

"네!"

"박인수 검사 밑에서 일하지?"

"네!"

"여기에서 청와대 고위공직자와 국회의원 그리고 검찰과 국정원, 사법부의 사생활을 캐낸 뒤 박인수 검사에게 정보를 주었고."

"아니요?"

윤철이 사시나무 떨 듯 몸을 덜덜 떨었다.

"아직 멀었네. 다시 처박아."

"살려 주세요!"

계속되는 물고문에도 윤철은 의리를 지켰다. 불굴의 의지였다. 이보다 더 지독한 괴롭힘을 당한다 해도 인수를 배신할 생각은 전혀 없어 보였다.

결국 김무열이 윤철에게 말했다.

"뭐 이런 식이면 나도 어쩔 수가 없어. 사람 죽이고 싶진 않은데 말이야."

김무열이 지시를 내리자, 수하가 약물이 담긴 주사기를 윤철의 목에 들이댔다.

"편하게 갈 거야. 그동안 물 먹느라 고생했다. 우리 돼지 의리 하나는 끝내주네."

짝짝짝.

김무열이 박수를 쳐주었다.

강경한 자세를 고수하던 윤철은 죽음을 마주하자마자 무너져 내린 듯 자세를 바꾸더니, 애원하기 시작했다.

"살려 줘! 인수 여기로 오라고 할게! 인수 앞에서 인정하면 되잖아! 그래야 나 살려 줄 거잖아!"

김무열의 입꼬리가 씩 올라갔다.

아주 멋진 그림이 그려지고 있었다. 박인수 검사가 불법으로 부리던 정윤철이 자수하려고 하자, 죽이고 스스로 목숨을 끊은 것으로 위장하면 되는 것이었다.

"그래. 인수 불러."

"네!"

◇ ◆ ◇

초저녁이었다.

윤철의 전화를 받은 유정은 인수의 지시를 받고 박세출, 공 계장과 함께 마사지 업소로 들어서는 중이었다.

이완영이 즐겨 찾는 이곳은 흔한 건전마사지 업소로 위장되어 있지만, 실상은 성매매가 이루어지고 있는 퇴폐업소였다.

박세출이 먼저 안으로 들어가자, 마사지 업소 실장이 달려 나와 반겼다.

"오빠, 어서 와."

"이년이? 언제 봤다고 오빠야?"

"어머, 오빠는! 반가워서 그러지!"

"음, 소문 듣고 왔어. 여기가 그렇게 끝내준다며?"

"우리 잘하지."

"그래. 내가 요즘 몸이 너무 피곤해서 오늘 좀 개운하게 풀어야겠어."

"어머, 오빠. 그런 건 우리가 전문이죠."

업소 실장은 가식적인 미소를 지으며 박세출을 위아래로 훑어보았다.

'꼴에 남자라고…….'

박세출은 원형탈모가 심해 주변머리만 겨우 남아 있는데다가 키도 작고 땅딸했다. 이혼을 당한 홀아비라 허구한 날 식당에서 술을 마시면서도 의복관리는 전혀 하지 않았다. 그러니 볼품없는 몸에서는 찌든 냄새가 풀풀 났다.

"흠, 간판 보면 건전마사진데?"

"오빠. 순진하다. 다들 그렇지 뭐."

"아가씨들은 어디 있어? 코빼기도 안 보이는구먼. 일하고 있나?"

"아냐. 오빠가 오늘 첫 손님이야. 다 안에서 대기 중. 오빠, 계산 먼저."

"얼만데?"

"이십 장."

"밖에는 전신마사지 6만 원인데?"

"오빠는. 그건 건전마사지고. 우리는 건전마사지 아니라니까."

"그래?"

박세출이 20만 원을 꺼내 주었다. 업소 실장이 돈을 받고는 소리쳤다.

"여기 손님 안내해 드려!"

실장이 말하자, 젊은 남자가 박세출을 안내하기 위해 나왔다. 이 젊은 남자가 일명 꼬마 실장으로, 꼬마 실장은 일이 잘못될 경우 모든 것을 뒤집어쓰는 조건으로 일을 했다.

꼬마 실장이 안내해 주는 방으로 들어가자, 아가씨가 들어왔다. 박세출은 손목시계를 풀어 위치를 잡았다. 아가씨에게 유도질문을 시작했고, 아가씨는 성매매와 관련된 수익 배분과 업소의 퇴폐실태를 스스럼없이 얘기했다.

두 사람의 대화 장면은 손목시계로 위장된 소형몰래카메라에 고스란히 녹화되고 있었다.

트리니티 레볼루션
Trinity
Revolution 6

"그래, 됐어."

"뭐가 돼 오빠?"

"아냐. 나 전화 좀 할게?"

박세출이 전화를 하자 유정과 공 계장이 안으로 들어왔다.

실장이 밖으로 나오자, 유정은 손으로 밀며 박세출이 있는 방으로 직진했다.

"동작 그만."

"누구세요? 무슨 일로?"

업소 실장이 뒤따라 들어와 물었다. 사납게 생긴 여자가 다짜고짜 밀고 들어올 때부터 직감했다.

역시나 박세출이 검사 신분증을 제시하고 있었다.

"서울지검에서 나왔습니다."

이런 젠장.

무슨 대한민국 검사가…… 뭐 이런 볼품없는 놈이 검사였어?

"지금부터 불법마사지 업소 성매매알선 등 행위의 처벌에 관한 법률위반 현행범으로 모두 긴급체포합니다. 여러분들은 변호사를 선임할 수 있고……."

"지금 뭐하자는 거야? 장난해? 우리가 뭘 했다고 그래? 응? 당신들 영장 있어?"

업소 실장의 태도가 180도로 바뀌었다. 우리 뒤를 봐주고 있는 분이 누군데 어디서 감히 꼴 같지도 않은 놈이 검사라고!

"서울지검? 흥! 니들 다 좆 되고 싶어?"

쫘아악!

유정이 귀싸대기를 올려붙였다. 삿대질을 하던 실장은 난데없이 눈에 불꽃이 튀는 것만 같았다. 고개가 홱 돌아간 것도 모자라 벌러덩 나자빠지고 말았다. 아찔했다. 혼미한 정신을 수습하기가 힘들었다.

"쌍년이 죽을라고. 일어서."

"어머머!"

"어머머는 니미!"

유정이 업소 실장의 머리칼을 붙잡아 일으켜 세워 노려보았다.

눈깔아.

"마, 말로 하세요……."

실장은 곧바로 꼬랑지를 내렸다. 같은 여자임에도 불구하고 유정의 눈이 너무나도 무서웠기 때문이었다.

"문 걸어 잠그고 휴대폰 압수하세요."

뒤에서 핸드폰을 꺼내 어디론가 연락을 취하려던 꼬마 실장은 이내 포기했다.

유정이 실장의 눈을 노려보고 있었기 때문이었다.

꼬마 실장의 핸드폰을 빼앗은 공 계장이 문을 걸어 잠갔다.

"안에 있는 사람들 모두 10초 내로 집합시켜."

유정이 실장에게 명령하자, 실장이 곧장 아가씨고 뭐고 일하는 사람들을 모두 로비로 집합시켰다.

"다들 잘 들어. 지금부터 협조하면 조용히 넘어가겠다. 하지만 협조하지 않으면 장사 끝난 줄 알아."

공 계장이 방 하나에 사람들을 모두 가두었다.

"너는 이리 나와."

유정이 상의를 벗으며 업소 실장을 불러 얼굴을 살펴보았다. 뺨이 부어올랐지만 심각해 보이진 않았다.

업소 실장은 유정의 상체문신을 보고는 기겁했다. 도대체 정체가 뭐야?

유정은 바지까지 벗었다.

"지금부터 정상적으로 영업한다. 아가씨들이 입는 옷 하나 가져오고. 이완영이가 오면 나한테 안내해. 알았어?"

"이, 이완영이요……?"

쫘아악!

실장이 말을 더듬으며 모른 체를 하자, 유정은 망설임 없이 귀싸대기를 또 올려붙였다.

이번에는 다른 쪽 뺨이었다.

실장의 고개가 획 돌아갔다.

"이완영. 나한테 안내해."

"네."

실장이 아픈 뺨을 만지지도 못한 채 바른 자세로 대답했
다.

"옷 가져와."

"네."

실장이 옷을 가져왔다. 유정은 그 야시시한 옷을 펼쳐보
며 한숨을 내뱉었다.

유정은 브라와 팬티까지 모두 벗었다. 실장은 너무나도
놀라서 두 눈이 휘둥그레진 것도 모자라 침을 꿀꺽 집어삼
켰다.

꿈틀거리는 온몸의 근육과 문신이 그야말로 신비로울 지
경이었다.

"너. 실수하면 죽인다."

'흭.'

실장이 화들짝 놀라 재빨리 대답했다.

"네!"

◇　◆　◇

이완영이 들어왔다.

"어르신, 어서 오세요."

"그래."

업소 실장의 안내를 받고 방으로 들어와 옷을 갈아입고

있는 이완영은 핸드폰이 울리자 전화를 받았다.

"뭐야? 여기까지 불쑥 찾아오면 어떡하자는 거야?"

[죄송합니다. 급히 보고를 드려야 할 것 같아서요. 통화는 기록이 남을 것 같고……]

목포 출신의 정치 건달 김춘배였다.

"알았어. 잠깐 올라와."

잠시 뒤, 김춘배가 실장의 안내를 받고 안으로 들어왔다.

이완영이 실장에게 나가라는 듯 손을 휘휘 저었다.

이내 문이 닫히자, 김춘배가 속삭이듯 보고했다.

"정윤철이란 해커를 붙잡았습니다. 그놈이 박인수 밑에서 일한 놈입니다. 바로 제거할 것입니다."

"박인수는?"

"놈을 제거하는 과정에서 유인한 뒤, 박인수가 경찰에 자수를 하려는 정윤철을 죽이고 자살한 것처럼 바로 작업 들어가겠습니다."

"그래. 이런 일이 중요한 건 뒤탈이 없어야 하는 거야."

"잘 알고 있습니다. 염려하지 않으셔도 됩니다."

"정말 믿을 만한 놈이야?"

"저만 믿으시면 됩니다. 쓸 만도 하지만 쓰고 버리기가 더 좋은 놈입니다."

"그래. 다시 말하지만 뒤탈 없이 제거하라고."

"염려 붙들어 매십시오."

"알았으니, 가 봐."

김춘배는 돌아서지 못하고 주춤거렸다.

"왜?"

이완영이 옷을 갈아입다가 신경질적으로 물었다.

"삼건의 사업권은……."

순간 이완영의 두 눈이 희번덕거렸다.

"이리와."

손가락을 까딱거리자, 김춘배는 재빨리 머리를 숙이며
다가왔다.

그 머리카락을 이완영이 움켜쥐고는 마구 흔들었다.

김춘배는 아프다는 말은커녕 비명조차 내뱉지 못했다.

"김춘배. 좀 키워주니까는 뵈는 게 없어?"

"아닙니다. 죄송합니다."

"내가 다 알아서 생각해 준다 그랬지?"

"네, 알겠습니다."

"가 봐."

"넵!"

김춘배는 뒷걸음으로 물러나 밖으로 나갔다.

그때 업소 실장이 노크를 하며 들어와 말했다.

"어르신…… 아가씨, 들여보낼까요?"

"그래."

"저기……."

"왜?"

"새로 들여온 아이가 있는데……."

"그래? 잘해?"

"최고입니다."

"그럼 들여보내."

"네, 알겠습니다."

◇　◆　◇

이완영은 황홀경이라는 말을 실감하고 있는 중이었다.

"사장님…… 스트레스가 몸에 너무 많이 쌓이셨어요."

마사지사가 코맹맹이 목소리로 말했다.

"어, 그래. 우리 채 실장이 아가씨 하나 물건으로 잡아왔네?"

"좋으세요?"

"좋고말고. 자, 앞으로. 요즘 스트레스가 많았더니 이 가슴이 너무 뻐근해."

"네, 돌아누우세요."

이완영은 돌아누워 마사지하는 여자를 올려다보았다. 턱만 보였는데, 그 턱을 비롯한 목선 그리고 온몸에 퍼져 있는 문신이 야릇한 자극을 주어 아랫도리가 딱딱해지고 있었다. 말 그대로 미쳐버리기 일보직전이었다.

"어, 좋아."

"시원하세요?"

"그래. 좋아. 나 이런 기분 처음이야."

마사지사의 손놀림은 이완영을 신세계로 인도하고 있었다.

마사지사는 바로 인수에게 일명 황홀경마사지를 전수 받은 유정이었다.

◇　◆　◇

김춘배는 밖으로 나와 자동차에 오르며 흐트러진 머리를 정리했다.

"아, 씨발 놈."

김춘배의 두 눈이 분노로 번뜩거렸다. 하지만 그 눈은 곧 온순한 양처럼 변해 옆에 앉은 사람에게 말했다.

"시킨 대로 다 했습니다."

"그래, 잘했어."

"영감님…… 앞으로 저는 어떻게……."

"어떡하긴. 넌 불법침입 및 폭행사주, 앞의 두 놈은 시킨 대로 한 죄에 따라 형량을 살아야지."

"감사합니다!"

"나한테 감사할 건 없지. 살인사주는 이완영이 덮어 쓸 테니까."

인수가 말한 앞의 두 놈은 바로 김무열과 윤철의 뒤통수를 둔기로 내려치고는 물고문한 놈이었다.

◇ ◆ ◇

이완영의 손이 엉큼하게 올라와 유정의 엉덩이를 매만졌다.

"아잉."

"뭐가 아잉이야."

"사장님 손 나빠요."

"어허. 얼굴 좀 내려 봐. 턱만 보이잖아."

"얼굴 보시면 실망하실 텐데요."

"아냐. 내가 여자를 많이 겪어봐서 잘 알아. 턱 선이랑 목이 예뻐. 얼굴도 예쁠 거 같아. 오늘 우리 잘까?"

"안 돼요."

"안 되긴 뭐가 안 돼. 오빠라고 해 봐."

"오빠."

"그래. 얼굴 좀 내려 봐."

유정이 턱을 내려 이완영의 얼굴을 똑바로 쳐다보았다.

유정의 얼굴을 확인한 이완영이 고개를 갸우뚱거렸다.

"너 어디서 많이 봤는데?"

"저를요?"

"응. 어디서 봤더라?"

"어디서 보셨을까요?"

하지만 지금 중요한 건 그것이 아니었다.

"그게 뭐 중요해?"

이완영은 결국 욕정을 참지 못하고 벌떡 몸을 일으켜 유정을 강제로 눕혔다.

"이러지 마세요."

"뭘 이러지 마."

"여기는 건전마사지 업소인걸요."

"푸하하하! 누가 그래?"

"실장님이……."

"이년이 몸에 덕지덕지 낙서해 둔 거랑 말하는 게 너무 동떨어져 남북현실이네?"

"아잉, 몰라요. 전 그렇게 알고 왔다고요."

"괜찮아. 너 오늘 나 만난 건 행운이야."

"왜요?"

"내가 보통 사람이 아니거든."

"어머. 특별하신 분이신가 보다."

"그럼. 내 말 한마디면 청와대부터 사법부까지 벌벌 기어."

"누구신데요?"

이완영은 유정의 배 위로 올라타 두 손을 꼭 누른 채로
말했다.

"나? 이완영이야."

유정이 고개를 갸우뚱거렸다.

"어허. 아무리 밑바닥에서 굴러먹어도 내 이름 석 자는
알아야지."

"이. 완. 영."

유정이 발음을 똑똑히 하며 그 이름을 다시 확인했다.

인수에게 이 황홀경마사지를 전수받을 때 인수는 모든
긴장이 풀린 이완영이 술술 불 것이라고 말했었다.

그런데 거짓말처럼 정말 술술 부니 너무나도 신기했다.

"그래. 알았으면 됐어. 나 이제 더는 못 참겠다."

"안 돼요. 저 나갈게요."

유정이 제압에서 벗어나 몸을 일으키자, 이완영이 유정
의 머리칼을 움켜쥐고는 다시 침대에 내팽개쳤다.

"나가긴 어딜 나가. 이제 시작인데."

"안 된다고요!"

"이년 봐라?"

"안 돼요. 보내주세요. 저 임신했어요. 이런 줄 몰랐어요.
제발…… 제발 보내주세요."

유정이 침대 위에서 무릎을 꿇고는 두 손이 닳도록 싹싹
빌었다.

"허 참, 삐쩍 말라가지고는 무슨 임신이야? 답답한 인생을 다 보았나. 쉽게 가자."

"이러지 마세요. 싫어요!"

"아, 진짜 좋은 말로 안 듣네."

이완영이 다시 유정을 강제로 눕히며 올라탔다. 유정을 제압하는 것이 힘이 든 탓에 헐떡거렸다. 뭐 이리 삐쩍 마른 게 힘이 엄청 세지?

"싫어요! 싫다고요! 이거 성폭행이라고요!"

"뭐?"

이완영이 굳은 듯 동작을 멈추었다.

유정은 그 틈을 노려 미꾸라지처럼 다시 몸을 빼내 침대 밑으로 내려왔다.

그때 이완영의 발이 날아와 유정의 등을 차 버렸다.

"꽥!"

유정이 비명을 내지르며 앞으로 나자빠졌다.

"이 미친년이!"

이완영은 침대에서 내려와 유정의 머리칼을 붙잡아 일으켜 세우더니 귀싸대기를 후려치기 시작했다.

쫘아악, 쫘아악!

"성폭행? 그래 성폭행이다 이년아!"

"사, 살려 주세요!"

"감히 나한테 성폭행을 언급해? 그래서 어쩔 거야? 응?"

"아파요!"

"아프라고 때리지 이년아! 너 진짜 성폭행 한번 당해 봐라!"

이완영은 유정을 침대 앞으로 끌고 가 뒤에서 짐승처럼 성폭행을 시도했다.

그렇게 애를 쓰고 있는데, 유정이 킥킥거리며 웃기 시작했다.

이완영은 그 웃음소리에 소름이 다 돋아났다.

"뭐야…… 이 미친년……."

"그만하자."

유정의 차가운 목소리에 어디선가 전화벨이 울렸다. 이완영이 동작을 멈추고는 뒷걸음질을 쳤다.

그러자 유정이 씩 웃으며 말했다.

"녹화 끊어."

"……?"

이완영은 사방을 둘러보았다.

"오빠. 저기 봐."

"……?"

유정이 가리킨 곳에서 반짝하는 것이, 몰래카메라가 설치되어 있었다.

"너 뭐야?"

"뭐냐고? 오빠, 잠깐만. 나 전화 좀 받을게?"

이완영이 갑자기 찾아든 한기로 인해 몸을 덜덜덜 떨기
시작했다.

유정이 전화를 받았다.

"됐어?"

[오케이.]

윤철의 목소리였다.

"그럼 보내봐."

다운완료.

유정이 이완영의 코앞에서 핸드폰의 동영상을 재생시켰다.

이완영의 두 눈이 휘둥그레지고 있었다.

거기에는 자신이 김춘배에게 박인수를 제거하라고 지시
를 내리는 장면부터 시작해 지금까지의 성폭행 장면이 고
스란히 녹화되어 있었기 때문이었다.

"이 미친년이!"

빠악!

이완영이 유정을 향해 욕을 내뱉으며 핸드폰을 빼앗으려
했지만, 눈에 불꽃이 튀었다.

"잡아 처넣어도 다시 빠져 나오고 또 빠져 나오고. 그냥
오늘 한번 뒤지게 맞고 피똥 한 번 싸보자?"

"크으…… 크아아악!"

유정이 이완영의 아랫도리를 걷어찬 뒤, 인정사정없이
귀싸대기를 올려붙이기 시작했다.

정신없이 얻어맞던 이완영은 결국 두 손이 닳도록 싹싹 빌어야만 했다.

"살려 주세요! 그만 때리세요…… 제발."

◇ ◆ ◇

윤철은 잔혹한 물고문을 당하던 끝에 모든 것을 실토했다. 인수가 배후에 있다는 사실과 그동안의 자료들을 모두 내놓자, 김무열은 지시를 받은 대로 정윤철과 함께 인수를 제거할 계획이었다.

김무열은 정윤철이 경찰에 자수를 하겠다는 글을 강제로 작성하게 만들었다.

이제 자수를 하려는 정윤철을 박인수가 죽이고, 그 죄책감을 못 이겨 자살한 것으로 위장하면 되는 것이었다.

하지만 김무열의 지시에 따라 윤철이 인수에게 전화를 하던 그때, 인수는 김춘배를 붙잡고 있는 중이었다.

불구속 기소로 빠져나온 이완영이 자신을 이렇게 만든 놈에 대한 복수를 다짐했을 때부터 인수도 대비를 해온 것이었다.

이런 속도 모르는 김무열은 윤철을 붙잡고는 인수를 기다리고 있었다.

초인종이 울리자 모니터를 보았는데, 인수가 아니라 자신

145

에게 살인을 직접 지시한 춘배 형님이 밖에 서 있는 것이 아닌가?

"문 열어."

김무열은 일단 형님의 지시대로 문을 열고 보았다.

한데, 그 뒤를 따라 인수가 들어왔다.

"......?"

그것도 모자라, 실내로 들어온 춘배 형님이 무릎을 꿇고는 두 손이 발이 되도록 싹싹 비는 것이 아닌가.

"형님!"

김무열이 깜짝 놀라서 소리치는 바로 그때였다.

"와, 물 먹는 것보다 연기가 더 힘드네!"

윤철이 뒤에서 씩 웃으며 말했다.

김무열과 윤철을 물고문한 자는 깜짝 놀랐고, 그 뒤로는 끔찍한 지옥을 맛봐야만 했다.

지옥을 맛본 그들이 인수의 손에 이끌려 마사지 업소를 찾았을 때, 윤철은 유정이 녹화한 동영상을 절묘하게 편집하기 시작했다.

인수는 이완영과 김춘배 일당을 붙잡아 직접 심문했다.

김춘배와 김무열은 살고 보자는 식으로 모든 잘못을 이완영에게 떠넘겼다.

함정수사라며 버티기 작전에 돌입하려던 이완영은 이내 포기할 수밖에 없었다.

　마사지사 성폭행 동영상이 국회의원들에게 이미 퍼졌을 뿐더러, 국회 본회의에서 상정된 체포동의안이 재석 의원의 100% 찬성 표결로 가결되었기 때문이었다.

　지금까지 자신이 쌓아올린 모든 것이 무너져 내렸음을 실감한 이완영은 결국 모든 죄를 시인했다.

　공개된 동영상은 절묘했다.

　유정의 얼굴은 전혀 나오지가 않았다. 파렴치한 성폭행범의 악마 같은 모습과 당하고 있는 힘없는 업소 여성의 문신만 부각되었을 뿐이었다.

　"저 임신했어요."라는 말도 함께.

제51장 경사

트리니티 레볼루션
Trinity
Revolution

제51장 경사

VIP병동 화장실.

세영은 임신테스트기를 들고는 멍하니 앉아만 있었다.

보고 또 보아도 2줄이었다.

"미쳤지…… 내가 미쳤어."

인수와 관계를 가진 후, 3주가 훌쩍 지나갔다.

바쁜 시간을 보내면서도 마음은 항상 불안했다.

생리가 없어 설마설마했지만 그 설마가 진짜 사람을 잡게 생겼다. 믿어지지가 않았다.

머리를 쥐어뜯어 버리고만 싶었다.

2줄에서 1줄이 사라지는 기적이 일어나길 바라며 다시 보았지만 여전히 2줄.

"후!"

한숨이 저절로 터져 나왔다.

"아니야. 아닐 거야. 오류일 수도 있잖아."

확실한 건 산부인과에서 초음파 검사를 통해 확인해야
했다.

전화기를 들고는 한참을 망설이던 세영은 인수에게 문자
를 보냈다.

-오후에 시간 좀 낼 수 있어?-

-당연하지! 오후 몇 시?-

문자를 보내자마자, 인수의 문자가 도착했다. 일은 안 하
고 핸드폰만 쳐다보고 있는 사람 같았다.

-여섯 시까지 용산역으로 와. 시간 꼭 지켜야 돼?-

-오케이.-

마음을 추스르고 화장실을 나가려고 하는데, 인수의 문
자가 또 도착했다.

-근데 왜? 무슨 일 있어?-

-만나서 얘기해.-

-알았어.-

문자로 알았다고 하더니, 곧바로 인수가 전화를 걸어왔
다.

"이 아저씨가 진짜……."

세영이 전화를 받았다.

"만나서 얘기하자고요."

[무슨 일인데? 응?]

"아, 몰라!"

[……]

"만나서 얘기해. 시간 꼭 지키고."

세영이 산부인과 진료시간을 알아보니 저녁 7시까지였다.

"끊어……."

[알았어……]

전화를 끊은 세영은 임신테스트기를 다시 확인했다.

"아…… 미치겠네, 정말."

세영은 또 한숨을 내뱉었다.

◇　◆　◇

용산역 2번 출구 앞에서 인수를 기다리던 세영은 생각에 잠겨 있느라 인수를 보지 못했다.

그런 속도 모르는 인수는 세영의 뒤로 살금살금 다가가 양쪽 어깨를 탁 쳤다.

세영이 화들짝 놀랐다. 하마터면 애 떨어질 뻔했다.

"아, 뭐야!"

"……."

인수는 순식간에 죄인이 된 얼굴로 두 눈만 깜박거렸다.

"놀랐잖아!"

"반가워서……."

"사람을 그렇게 놀라게 하면 어떡해!"

"미안해……."

"정말 못됐어."

"……."

인수도 기분이 상했다.

"왜 그렇게 민감해?"

"민감하긴 뭐가 민감해? 갑자기 그렇게 놀라게 한 사람이 누군데?"

"알았어. 미안해."

'거 되게 뭐라 하네…….' 라는 말이 목구멍까지 올라왔지만, 다시 입속으로 삼킬 수밖에 없었다.

세영이 원망의 눈길로 자신을 바라보고 있기 때문이었다.

"가."

세영이 힘없이 말하고는 앞장섰다.

"어디?"

"가보면 알아."

인수가 뒤에서 물었지만, 세영은 돌아보지도 않고 대답했다. 그러더니 핸드백에서 무얼 꺼내 인수에게 건넸다.

여전히 세영은 뒤돌아보지 않은 상태였다.

"이거 뭐야?"

인수가 그 물건을 받아보니, 임신테스트기였다.

"두 줄이네?"

인수가 무심코 내뱉은 말에, 세영이 발걸음을 멈추더니 홱 뒤돌아섰다.

하지만 인수는 세영을 보지 못했다. 정신이 번쩍 들었다.

"아…… 두 줄이 임신이야? 진짜? 이거 진짜야? 응? 세영아! 이거 진짜 맞아? 응?"

인수의 두 눈이 엄청 커졌다. 그 길고 가늘기만 한 눈이 커질 대로 커진 것이다.

인수가 가장 기쁠 때 자기도 모르게 짓는 표정이었다. 세영도 인수의 이런 반응과 표정을 처음 보았다.

세영은 인수의 기뻐하는 표정을 본 순간 걱정했고 염려했던 마음이 눈이 녹듯 사라지는 신기한 현상을 경험했다.

"좋아?"

세영은 웃음이 나오려하는 것을 일부러 꾹 참고 표정관리에 들어갔다.

"좋지! 그럼 좋지! 이리와!"

인수가 세영을 얼싸안고는 번쩍 들어 올리더니 360도로 회전했다.

"야아!"

"최고야! 우리 세영이가 최고야!"

인수의 목소리가 얼마나 컸는지, 지나가는 사람들이 모두 다 쳐다보았다.

"꺄악! 그만해!"

"미안. 너무 기뻐서!"

세영을 다시 내려준 인수는 임신테스트기의 두 줄을 보고 또 보았다.

"근데 이거 진짜 두 줄이 임신이야?"

세영이 어이가 없다는 표정을 짓더니, 입술을 삐죽거리며 말했다.

"그럼 뭐 세 줄 네 줄 나와야 돼?"

"아니…… 내 말은 그런 게 아니라……."

"뭐? 그게 아니면 뭐?"

"남자들은 이런 거 잘 몰라."

"아는 게 그렇게 많으면서 이럴 때 이런 건 또 몰라?"

"아니, 근데…… 너 잠깐만 나 좀 봐. 가만 보니까 축하할 일 앞에서 왜 이렇게 신경질이야? 나 이 상황 이해를 못하겠네?"

"뭐가 축하야!"

"어라? 그럼 축하할 일이지 화낼 일이야?"

"아주 신나셨네?"

"그럼! 신났지! 우리 민아가 여기 생겼는데! 민아야! 아빠야! 아빠!"

인수가 세영의 배를 어루만지며 소리쳤다.

"아우! 그만 좀 해!"

세영이 지나가는 사람들의 눈치를 살폈다.

"뭘 그만해? 민아야! 아빠 목소리 들려?"

팔불출이 따로 없었다.

"아직 확실히 모른단 말이야."

"그래서 산부인과 같이 가려고 불렀구나?"

인수가 씩 웃었다. 얼마나 좋은지 얼굴에 웃음꽃이 활짝 폈다.

"몰라…… 나 너 미워. 정말 미워 죽겠어."

"어라? 자기가 먼저……."

"야!"

세영은 그날을 생각하니 얼굴이 다 화끈거렸다.

"어허! 야라니! 지금 우리 딸 다 듣고 있는데!"

인수는 세영의 배를 또 어루만지며 팔불출처럼 웃어댔다.

"그렇게 좋아?"

이제는 세영도 인수의 손길이 따뜻해 좋았다.

"어허. '좋으세요?' 그래야지. 이제 우리 서로 말을 높이자. 아니, 높입시다."

"흥."

"뭐가 흥일까? 요?"

"됐어."

"언제까지 '야! 너!' 그럴 건가요? 우리 딸 교육에도 좋지 않으니까요, 지금부터라도 서로 말을 높입시다."

"됐다고요."

"요, 했네요?"

"치."

"늦겠다. 빨리 가자. 요."

인수가 세영의 손을 잡아 이끌었다. 세영은 인수의 손이 무척 따뜻했다.

세영이 발을 멈추자, 인수가 뒤를 돌아보았다.

"……?"

세영이 웃고 있었다. 그 웃는 얼굴을 본 순간, 인수는 행복감이 파도처럼 밀려와 세영의 얼굴을 가슴에 와락 껴안았다.

"아무 걱정 마."

"걱정이 된단 말이지."

"나만 믿어. 우리 정말 행복하자."

"그래도 미워."

세영이 인수의 품에서 얼굴을 쏙 내밀고는 올려다보며 입술을 삐죽거렸다.

"어허. 오빠씨만 믿어."

"치, 누가 오빠래?"

"말 높입시다. 말."

"아, 몰라."

인수가 세영을 다시 꼭 껴안자, 세영도 인수를 꼭 안아주었다.

겨울을 알리는 찬바람이 휑! 하고 불어왔지만, 인수는 처음으로 이 찬바람이 싫지가 않았다.

이 찬바람마저도 세영의 임신을 축하해 주는 것만 같았다.

이젠 정말 행복하게 사라고.

인수와 세영은 복부초음파를 통해 아기집을 확인했다.

하마터면 울컥하고 눈물이 나올 뻔했지만 인수는 꾹 참았다.

초음파 사진을 들고 가장 먼저 부모님께 달려갔다.

김선숙은 연락도 없이 두 사람이 불쑥 들어오자, 깜짝 놀랐다.

"느그들 나란히 뭔 일이냐?"

"아따, 뭔 일은? 울 엄마 보고 싶어 왔제라."

"오메, 탐탁시럽네."

김선숙은 아들과 세영의 밝은 표정을 보고 이것들이 다시 사이가 좋아졌다고만 생각했지, 임신은 꿈에도 생각하지 못했다.

"어머니…… 그동안 제가 잘못했어요. 죄송합니다."

"니가 뭐시 죄송해. 어린 나이에 결혼할랑께 깝깝했겄지. 그래도 그렇지 그러는 것이 아니여."

김선숙은 다 이해한다는 듯 말은 하고 있지만 앙금은 풀리지 않은 티를 팍팍 냈다.

"네, 어머니…… 제가 정말 죄송합니다."

"아녀. 뭐시 죄송혀. 그런 말 하지 말어. 밥은 먹었냐?"

"아니요……."

"그람 밥 먹어야제. 쬐깐 기다려라. 시방 밥이 있다냐, 없다냐…… 밥해야 쓰겄네."

김선숙이 못마땅한 표정을 지으며 주방으로 향했다.

"어머니, 제가 차릴게요."

"아녀. 앉어 있어."

"엄마, 아빠 몇 시에 와?"

"느그 아빠는 므단디 찾어?"

김선숙이 인수를 향해 톡 쏘아 붙였다.

'저 총찬한 놈. 가시나한테 푹 빠져갖고.'

"아빠 오면 내가 엄청 중요한 말을 할 거거든."

"그래라. 나는 밥해야 쓰겄다."

김선숙이 찬바람을 일으키며 밥통을 열어 보았다.

"저기요, 어머니……."

"으째?"

"그게…… 요."

세영이 말을 하지 못하고 인수를 향해 도움을 청했다.

"아따, 참말로. 아빠 오믄 말 할라고 했더니, 시방 말을
해부러야 쓰겄네."

인수도 기분이 좋아 사투리가 터져 나왔다.

"뭐슬?"

"엄마."

인수가 씩 웃으며 김선숙을 부르자, 김선숙이 여전히 못
마땅한 표정으로 인수를 훑어보았다.

이른바 눈곱 질.

'저 연덕 빠진 놈.'

"말해라. 느그 어메 어디 안 가고 여기 안 있냐."

"엄마."

인수가 또 웃으며 엄마를 불렀다.

"아, 시방 말을 하라고. 느그 어메 자꾸 부르지 말고."

"이 사람 아기 가졌어."

"……."

김선숙이 쌀 양판을 들고는 두 눈만 깜박거렸다.

"울 엄마 놀랬네."

"뭐라고? 시방 너 뭐라 그랬냐?"

161

"아따 울 엄마 인자 할머니 댜부렀다고."

"참말로?"

"그라제."

"진짜 참말로?"

"아따 그란당께. 참말이랑께."

"오메! 오메, 오메 오메 오메! 오메메메!"

김선숙이 쌀 양판을 내던지고는 세영의 앞으로 성큼 달려왔다.

"얼메나 됐는디?"

세영은 무슨 말인지 못 알아들었다. 어머니께서 두 손을 불쑥 잡아오자 깜짝 놀랄 뿐이었다.

"인자 3주 댜부렀어. 아기집이 생겨 부렀어. 확 보여 줘 부러!"

인수가 얄미울 정도로 우쭐거렸다. 큰 자랑이라도 하는 것처럼, 말 그대로 뻐기며 말했다.

"오메! 3주가 댜불었어?"

세영도 대충 알아듣기 시작했다. 가방에서 초음파 사진을 꺼내어 보여 드렸다.

"네, 어머니. 3주래요."

"오메! 시상에! 쓰겄네! 참말로 쓰겄네! 니가 그라믄 그라지. 그랄 아그가 아닌디 으째 그란다냐 했드니만! 니가 요것 땜시 그동안 맴 고생하느라! 나는 그란 줄도 모르고! 나는

오메! 오메, 참말로 어째 쓰까잉! 내가 으째 그랬을까잉! 오
메 아가! 나가 못된 년이다! 나가 못돼 쳐먹어갔고! 오메! 시
상에! 오메! 참말로!"

"어머니……."

"오메 시상에! 근데 아그는 시방 썽썽하다디?"

"네?"

세영이 두리번거리며 인수를 찾았다. 통역 좀 해 달라고.

"의사가 하는 말이 겁나게 썽썽하다 안 허요."

"오메! 참말로 쓰겄네! 아가, 참말로 잘했다! 참말로 잘했어!"

김선숙은 꼭 붙잡은 세영의 두 손을 놓아줄 생각이 전혀
없어 보였다.

"아가. 인자부터는 따른 거 한나도 필요 없어야. 몸조심
이 젤로 중한 것이여."

"네, 어머니……."

"먹는 것도 가려서 먹어야 쓰고. 오메, 시방 내가 이라고
있을 때가 아닌디."

김선숙이 벌떡 일어서더니 옷을 챙겨 입었다.

"엄마 왜? 어디 가려고?"

"아따 언능 가서 잉어 내려와야제!"

"그라믄 언능 갔다 와불쇼!"

"오냐! 아, 그라고! 오메, 내 정신 좀 보소! 느그 아부지한
테 먼저 전화를 해야 쓰겄다."

"아! 그라제라."

김선숙이 핸드폰을 들어 박지훈에게 전화를 걸었다.

하지만 통화 중이었다.

"아따 이 양반은 꼭 이랄 때 이라고 있구마잉."

김선숙은 마음이 급해서 전화를 끊더니, 곧장 밖으로 나갔다.

그런 어머니의 뒷모습을 바라보는 세영은 두 눈만 깜박거렸다.

그동안 자신이 알던 어머니가 맞나 싶었기 때문이었다.

세영은 자기도 모르게 손으로 배를 어루만졌다.

'아가야.'

그토록 걱정했던 이 배 속의 아기에게 지금은 자신이 의지하고 있다는 사실이 참으로 놀라웠다.

그렇다면 이왕 안겨 드리는 거, 아들을 순풍 낳아서 안겨 드리고 싶어졌다.

정말 딸일까? 아가야, 너 정말 딸이니?

뱃속의 새로운 생명과 교감을 나누고 있는 세영의 모습을 인수가 뿌듯한 얼굴로 보고 있었다.

트리니티 레볼루션
Trinity Revolution

제52장 이게 아닌데

결혼식은 일사천리로 진행되었다.

배가 불러오기 전에 양가가 서둘렀다.

순백의 웨딩드레스를 입은 세영은 너무나도 아름다웠
다.

인수는 그저 바보처럼 헤실헤실 웃고만 다녔다.

결혼식장에는 박재영 검찰총장을 비롯한 동료 검사들이
구름처럼 몰려와 축하를 해 주었다.

대학교 동문과 교수들, 그리고 사법연수원 동기들까지
모두 몰려왔다.

인수는 박지훈의 옆에 서서 손님들과 성의를 다해 악수
를 나누었다.

여전히 트렌치코트에 탐정모를 착용한 남정우도 왔다.
엠비엠의 서주은도 악수를 청하며 축하를 해 주었다.

"축하해요."

"네, 감사합니다."

인수를 바라보는 서주은의 눈빛은 의미심장했다. 오산병
원 VIP병동사건 이후로, 자신에게 그 엄청난 정보를 제공
하는 익명의 제보자는 바로 너라는 것이었다.

그렇지 않고서는 현장에 등장할 수가 없기 때문이었다.
하지만 심증은 있지만, 물증이 없는 것이 문제였다.

"박 검, 결혼 축하해."

"어, 누나 오랜만이네?"

인수는 그동안 까맣게 잊고 있었던 장서은과 악수를 나
누었다. 대학교 동문이자, 키다리 아저씨로 몰래 도움을 주
었던 장서은을 인수는 그동안 잊고 지냈다.

잘 풀리는 집을 통해 금전적인 도움을 준 뒤로, 인수의
바람처럼 공부에만 매진한 장서은은 사법고시를 패스하며
이제 막 검사에 임용되었다.

장서은이 사법고시에 최종 합격했을 때는 아버지도 건강
이 회복되며 다시 회사 노동조합의 위원장이 되었다.

인수에게 잘 풀리는 집을 선물로 받은 뒤, 진짜 집안이
술술 잘 풀렸다. 하지만 합격의 기쁨을 누리던 날은 키다리
아저씨와 이별한 날이었다.

잘 풀리는 집은 더 이상 돈이 빠져나오지 않고, 휴지만 빠져나왔다.

이제 키다리 아저씨와의 연결된 줄은 끊어졌다는 생각에 집 밖으로 뛰쳐나간 장서은이 빈민촌의 높은 곳에서 지상을 내려다보며 키다리 아저씨를 목 놓아 부른 날이기도 했다.

"키다리 아저씨! 꼭 한 번 보고 싶어요!"

장서은의 목소리는 메아리쳐 돌아올 뿐이었다. 바람과 함께 들려온 그 소리가 '이제 홀로 서야지.' 라며 다독이는 키다리 아저씨의 목소리처럼 들린 것은 그녀의 착각이었을지도 모르지만.

장서은이 살아가면서 바라는 것이 하나 있다면, 바로 키다리 아저씨를 만나는 것이었다.

그토록 힘들어 할 때, 모든 것을 포기하고 싶었을 때 자신을 일으켜 세워준 키다리 아저씨를 꼭 만나보고 싶은 것이었다.

만나게 되면 감사하다는 말 말고는 딱히 무엇을 어떻게 해야 할지, 무슨 말을 나누어야 할지에 대한 계획은 전혀 없었다.

그저 하나의 신앙과도 같았다.

어딘가에는 반드시 신이 존재하고, 자신을 지켜보고 응원하며 정의로운 길을 가라고 독려해 준다는 믿음을 갖게 된 것이었다.

그런 그녀가 인수가 바로 그 키다리 아저씨라는 것도 모르고 찾아와 결혼을 축하해 주고 있었다.

변영하 교수도 찾아와 축하를 해 주었다. 사실 박재영과 변영하는 인수의 결혼식 소식을 듣고 주례를 서고 싶다는 의중을 내비쳤는데, 인수가 따로 해 주실 분이 계시다고해서 살짝 맘이 상한 상태였다.

변가영도 아빠와 함께 왔는데, 가영은 지석과 사귀고 있었다.

양가 부모님과 친척들, 그리고 친구들과 직장 동료들의 축하 속에서 인수는 그토록 꿈꾸었던 행복한 결혼식을 치렀다.

사회는 지석이 보았다.

"그럼 다음으로 신랑 입장이 있겠습니다. 신랑 입장!"

인수가 당당한 걸음으로 입장해 주례 앞에 섰다. 환호성과 함께 박수가 터져 나왔다. 친구들은 연신 '멋있다!' 라며 소리를 내질렀다.

"신부 입장!"

새하얀 웨딩드레스가 눈부시게 아름다운 신부 세영이 김영국과 함께 입장했다.

신부의 고운 자태에 여기저기에서 탄성과 함께 박수가 쏟아져 나왔다.

신부를 기다리는 인수는 입술을 오므리며 버텼지만, 좋아

죽겠다는 표정을 감출 수가 없었다.

김영국이 신부를 인수에게 보내주었다. 아빠와 함께 입
장을 끝낸 세영이 뒤돌아 옆에 앉으려는 아빠의 손을 붙잡
더니, 와락 안아주었다.

세영은 눈물이 왈칵 쏟아져 울고 말았다.

"왜 울어? 좋은 날."

"아빠…… 미안해. 못되게 굴어서 미안해."

"뭐가. 아빠가 부족해서 미안하다. 행복하게 살아야 돼?
알았지?"

최미연도 눈물을 훔치고 있었다.

"네, 아빠."

주례 앞에 선 신랑신부.

풍채 넉넉한 주례가 두 사람을 흐뭇한 눈으로 내려다보
며, 축하의 운을 떼기 시작했다.

주례는 바로 인수의 교장선생님이었다. 지금은 금호도의
작은 분교에서 아이들을 가르치고 있었다.

직접 금호도까지 내려간 인수는 인사를 드리며 결혼소식
을 알렸다.

교장선생님은 어젯밤 꿈 이야기부터 시작해서 귀인이 찾
아올 것을 예상했다며 인수를 축하해 주었는데, 말이 참 많
았다.

"좋은 세상은 사람과 사람 사이에 벽이 아닌 믿음과 사랑의

다리가 놓인 세상입니다. 사랑은 모든 것을 이해하고, 견뎌 내고, 용서하고, 해결해 주고, 승리하게 합니다. 이런 세상을 만들기 위해서는……."

역시나 다 좋은데 말이 많았다.

'왜 저렇게 말이 많아? 요즘 누가 저렇게 주례랍시고 민폐를 끼치나?'

'인수가 나보다 더 존경하는 사람이 있다니.'

앞자리에 앉아 있는 박재영과 변영하는 자기가 하면 더 잘할 수 있다며 주례에 대한 미련을 버리지 못하고 있었다. 검찰총장과 검사장들에 이어 청와대 정책실장을 했던 사람과 청와대 사람들이 앞에 나란히 앉아 있고, 거물급 의원들도 그 옆에 쭉 앉아 있으니 인수를 잘 모르는 신부 쪽의 하객들은 대통령도 오는 거 아니냐며 소곤거렸다.

"오늘 부부의 연을 맺은 두 사람은 검은 머리가 파뿌리가 될 때까지 서로를 사랑하고 아끼며……."

길고 지루한 주례사가 끝나고 수연과 엔젤스의 축하공연이 진행되자, 연예부 기자들과 하객들의 카메라 플래시가 번쩍거렸다

엔젤스가 나타나니 엄숙했던 결혼식장 분위기가 순식간에 축제 분위기로 바뀌었다.

그렇게 분위기가 무르익어 가는데 수연의 목소리가 울먹이며 떨렸다.

모두 다 똑똑히 들을 정도였다.

수연의 목소리가 떨리는 순간, 세영은 머리핀의 주인이 생각났다.

여자의 직감은 무섭다는 말이 이 상황에서는 우스울 뿐이었다. 인수를 향한 수연의 마음을 세영은 오래전부터 알고 있었기 때문이었다.

사람의 인연이란 것은 정말 정해진 것일까?

인수는 왜 저렇게 예쁜 아이가 좋아해도 마다하는 것일까?

우리가 아무리 헤어지려고 해도, 우리는 결국 이렇게 부부의 연이 이어질 수밖에 없는 것일까?

수연의 목소리가 떨린 순간, 세영은 인수의 옆모습을 보았다. 그리고 뭔가 아련한 느낌을 지울 수가 없었다. 인수도 분명 수연을 보고 있었다.

세영은 조만간에 머리핀을 주인에게 돌려주어야겠다고 생각했다.

그것은 질투심도, 확인을 거쳐 수연을 곤란하게 만들려고 하는 것도 아니었다.

그저 머리핀을 돌려주는 것이, 서로가 서로를 위하는 길이라고 생각했기 때문이었다.

하지만 문득 머리핀을 돌려받을 때 수연은 과연 어떤 표정을 지을까 하는 생각이 떠올랐다.

떨리는 목소리로 노래를 부르는 수연의 얼굴과 인수의 옆모습을 번갈아 보던 세영은 차라리 가슴 속에 영원히 묻는 편이 낫겠다고 판단했다.

결혼식이 끝나고 결혼식장을 빠져 나올 때는 박지훈이 세영을 직접 에스코트해 주었다.

"아가, 조심해라. 조심, 또 조심이다."

많은 사람들 틈에서 행여나 며느리가 다칠까봐 벌벌 떨며 길을 터주었다.

"아버님…… 저 괜찮아요."

"아니다. 진짜 몸조심해야 한다? 알았지?"

"오메, 저 양반 손주 어찌케 될까비 벌벌하네."

김영국과 최미연이 옆에서 웃었다.

이제는 딸을 떠나보낸 부모이기에 자식의 행복한 앞날을 바랄 뿐이었다.

하지만 사돈양반이 저렇게 끔찍하게 아껴주니 고마우면서도 한편으로는 딸을 영원히 빼앗긴 기분이 드는 것 또한 어쩔 수가 없었다.

많은 사람들이 찾아와 인수를 축하해 주었다.

그래도 진짜 축하는 고등학교 친구들에게 받았다.

요즘 시대에 누가 신랑 발바닥을 때린다고, 신랑신부의

양쪽 친구들과 함께 뒤풀이를 하는 장소에서 인수는 윤철과 지석의 주도로 거꾸로 매달려 발바닥을 맞아야만 했다.

세영이 열심히 춤을 추고 노래를 불렀지만, 윤철은 온갖 생트집을 다 잡아가며 인수의 발바닥을 때렸다.

더군다나 유정이 군기를 잡기라도 하는 것처럼 소리를 질러가며 분위기를 몰아가자, 세영의 친구들은 공포 분위기에 휩쓸리기도 했다.

유정은 친구들에게 발바닥을 얻어맞으면서도 좋아 죽는 인수를 보다가 안절부절 어쩔 줄을 몰라 하는 세영을 보았다.

"야야! 이제 그만하면 안 되겠냐? 좀 봐주라, 응? 저 사람 홀몸이 아니야!"

"어허! 대한민국 검사가 속도위반이 무슨 자랑이라고! 더 맞아야 되겠는데?"

철썩, 철썩!

"아, 아아!"

"그만 좀 하세요……."

"세영아! 나 괜찮아! 진짜 괜찮아!"

발바닥보다는 세영을 먼저 걱정해 윤철에게 그만해 달라고 사정을 하는 인수의 말투와 행동.

'인수가 정말 좋아하는 여자구나…….'

유정은 그런 생각이 들어 마음속만큼은 진심으로 결혼을 축하해 주었다.

그렇게 많은 사람들의 축복을 받은 인수와 세영은 유럽으로 신혼여행을 떠났다.

엄마 배 속에서 무럭무럭 자라나고 있는 민아도 함께.

◇ ◆ ◇

인수가 신혼여행을 다녀왔을 때, 국민공분으로 커지게 되는 대형사건의 첫 신호탄이 터졌다.

국정원의 누군가가 일명 김민국 때려잡기 문건을 편지로 야당 의원 오진선 의원에게 보낸 것이다.

편지를 개봉해서 확인한 오진선은 숨이 멎을 정도로 큰 충격에 휩싸였고, 이제부터는 그 누구도 믿을 수가 없었다.

-오진선 의원님. 먼저 실명을 밝히지 못하는 점, 대단히 송구스럽게 생각합니다. 첨부된 파일은 양종학 국정원장이 국익전략실장 박승일에게 특별 지시하여 작성한 보고서로, 양종학이 개인을 넘어 조직차원에서 정치 개입 행위를 지시했음을 명백히 드러내는 자료입니다.-

노동계 출신으로 3선 의원인 오진선은 강심장으로도 유

명한 여장부였지만, 편지에 기재된 내용과 첨부된 파일은 그녀조차도 감당하기가 힘들 정도로 엄청났다.

심지어 자신의 보좌관도 믿을 수가 없어 편지를 숨기고 보아야 할 정도로 말이다.

-한 명의 간첩이 백 명의 종북 세력과 만 명의 좌파를 만든다. 국내외 웹 사이트와 SNS정보를 수집하라.-

-김민국이 빼도 박도 못할 종북 행위를 찾아내라.-

파일을 뒤로 넘길 때마다 소름이 돋아났다.

더욱 무서운 것은 청와대가 대법원장을 통해 사법부를 장악하고 있는 것을 보여 주는 문건이었다.

대법원장이 사법행정위원회 위원 후보자를 이규환 대통령에게 추천하는 문건을 확인한 것이었다.

사법행정위원회 후보자 추천.

특히 이 부분은 오진선 의원에게 그야말로 엄청난 충격으로 다가왔다.

사법부에서 행정위원회는 판사들의 인사를 좌지우지할 수 있는 칼자루나 다름없었다.

특히 인사심의관의 역할이 가장 중요했다. 인사심의관은 인사업무를 맡고 있기에 전국 법관의 숨통을 쥐고 있는 것이다.

그런 요직의 위원을 추천함에 있어, 뒷조사와 함께 적색

분자를 골라낸 뒤 정권에 협조하는 자들로 추천하고 있는 것이었다.

더군다나 대법원장과 국정원장은 이규환 대통령의 최측근으로도 통했기에 그 충격은 더욱 더 컸다.

대법원장이 지닌 추천리스트와 블랙리스트를 과연 누가 작성했단 말인가.

불 보듯 뻔했다.

이런 행정위원회의 위원들에게 반발하는 판사들의 모임은 그 모임의 명칭을 비롯한 횟수와 장소까지 기록되어 있었다.

심지어 사법학술연구회, 국제인권법연구회는 그 모임의 대표가 누구이며, 간사와 참여 회원까지 분류되어 있었고 참여기록이 낮은 사람도 파악되어 있었다.

정치시사 프로그램과 칼럼에 글을 기고한 판사도 블랙리스트로 기록되어 있었고, 그 관련 동향파악과 대응 방안까지도 준비되어 있었다.

이 모든 것이 이규환 정권에서부터 시작된 것이었다.

오진선 의원은 같은 야당 의원들도 믿을 수가 없었다.

국회 출입 기자단에게 보도 자료를 돌려 방송으로 터트리는 것 또한 신중을 기해야만 했다.

이 문건을 손에 쥔 지금 가장 먼저 해야 할 일은 바로 이 편지를 보낸 '내부고발자'가 과연 누구인지를 알아내는 것이었다.

그 다음은 자신을 도와 함께 싸울 수 있는, 믿을 만한 사람을 찾는 것이었다.

아무리 이규환 정권이 레임덕에 흔들리고 있다지만, 다수의 엘리트들이 김민국을 인정하지 않기에 청와대와 국정원의 행태는 극으로 치닫고 있었다.

오진선 의원은 고심 끝에 적임자를 떠올렸다.

초임 검사이지만, 유독 노동자들이 억울한 일을 당할 때면 발 벗고 나서서 노동부까지 쫓아 다니며 사건을 해결해 일명 노동검사로 이름을 알리고 있는 장서은 검사였다.

◇ ◆ ◇

광주 두암동.

허름한 식당에서 오진선 의원과 장서은이 만났다.

오진선 의원은 광주에 지역구를 두고 있기에 겸사겸사 지역구도 들른 뒤 장서은과 약속을 잡았다.

임금 체불 업체 문제로 노동부에서 만난 적이 있던 두 사람은 뜻이 같은 부분을 확인한 사이였다.

두 사람은 김치찌개 백반에 소주를 4병이나 비운 상태였다.

"의원님, 무슨 중요한 말씀을 하시려고 광주까지 내려오신 것인지…… 소주 봐요, 소주. 지금 4병을 비울 때까지도 말씀을 못하시는 걸 보면 뭐 청탁 그런 겁니까? 합법적으로 파업하고 있는 노동조합을 불법파업으로 엮어 위원장 구속이라도 해 달라고 어떤 양아치 사장이 부탁이라도 해 왔습니까? 네? 의원님 그렇게 안 봤는데 실망입니다."

장서은이 하도 답답해서 웃으며 농담을 던졌다. 오진선 의원은 그럴 사람이 아니라는 사실을 잘 알고 있기에 분위기를 바꿔보려고 말한 것이었다.

"장 검. 그런 거 아니야. 오버하지 마."

하지만 분위기는 더 무거워질 뿐이었다.

"그러시면 이제 말씀을 하세요. 말씀을요. 아휴, 답답해 죽겠네."

"여기 소주 1병이요."

"의원님. 지금 소주를 시킬 게 아니고요. 이제 본론을 말씀하셔야 한다고요. 뭐 청탁이라고 해도 저는 그런 쪽으로는 힘도 없어요. 그리고 어쨌든 의원님께서 대한민국 검사를 함부로 만나는 것도 안 되는 것이고요."

"장 검."

"네에, 장검 닳아서 단검 되겠네요."

"후. 지금부터 내 말 듣고 나서 나 원망하면 안 돼? 알았지?"

"대한민국에 뭐 더 놀랄 일이 있나요?"

장서은이 소주를 따라주며 딸꾹거렸다.

"편지를 받았어."

"무슨 편지요?"

장서은이 찌개 국물을 떠먹으며 무심코 되물었지만, 오진선은 장서은의 두 눈을 똑바로 응시했다.

"국정원 내부고발자가 파일을 보내왔어. 일명 김민국 때려잡기 문건이야."

"……!"

장서은의 표정이 굳어졌다.

"감당할 수 있겠어?"

"잠깐만요."

장서은이 말을 끊었다.

그때 오진선이 장서은의 눈을 파고들듯 들여다보았다. 눈은 마음의 창, 과연 믿을 수 있는 사람인가.

"지금 그 파일 가지고 있습니까?"

"아니. 다른 곳에 있어."

장서은이 벌떡 일어섰다.

"저 화장실가서 세수 좀 하고 오겠습니다."

"그래."

오진선은 두 손으로 턱을 괸 채 장서은의 뒷모습을 물끄러미 바라보았다.

화장실 반대 방향으로 가고 있기 때문이었다.

실내화장실이 있건만, 그렇게 문을 열고 밖으로 나간 장서은 검사는 한동안 문 앞에서 등을 지고는 서 있었다.

그때 오진선의 시선이 장서은의 가방에 머물렀다. 그 가방과 문 밖의 장서은을 번갈아 보며 핸드폰으로 전화를 걸었다.

가방 안에서 핸드폰이 울렸다.

그때 장서은이 뒤돌아 오진선을 보았다.

그렇게 두 사람은 유리창을 사이로 오래도록 시선을 교차했다.

장서은이 다시 실내로 들어와 화장실로 향했다.

찬물로 세수를 하고 거울을 노려보는 장서은이 혼자 중얼거렸다.

"정신 차려, 장서은."

그 거울 속의 또 다른 자신에게 다짐이라도 하듯 마음을 굳게 먹은 장서은이 화장실을 나와 오진선의 앞에 다시 앉았다.

"죄송합니다. 저는 못할 것 같습니다. 다시 한 번 거듭 죄송합니다."

"죄송하긴. 그대로 도망치지 않은 것만도 고맙네."

"도망치려고 했는데요. 전화기와 가방을 두고 나왔지 뭡니까. 의원님, 전 그 물에 낄 깜냥이 아닌 것 같습니다. 죄송합니다."

"정의를 바로잡는 데 깜냥이 어디 있어? 누군 뭐 똑똑하고 잘나서 이러고 있어?"

"의원님. 지금 상대가 누구인지 정말 모르시겠어요? 의원님 상대는 대한민국 사회를 주도하고 있는 엘리트 집단이라고요."

"자네는 엘리트 아니야?"

"엘리트도 다 같은 엘리트가 아닙니다. 전 여기 광주지검도 아니고 순천지청의 일개 평검사일 뿐입니다. 저들의 눈에는 제 앞가림도 못하는, 뛰어야 벼룩인 신세일 뿐이고요. 그래서 깜냥이 안 된다고 말씀드린 겁니다."

"좋아. 다 좋아. 하지만 자네가 다른 사람에게 이 비밀을 누설하지 않는다는 것을 어떻게 보장할 거야?"

"전 입을 꾹 다물겠지만, 의원님께 그 믿음을 드릴 수는 없겠죠."

"그렇다면 어쩔 수가 없군. 자네는 이미 한배를 탄 거야."

"의원님!"

"도망치지 마. 자네는 믿을 수 있는 사람이야. 우리 한번 정의를 위해 목숨 걸고 싸워보자고. 엘리트랍시고 불의를 정의라고 착각하는 이 작자들, 불법을 합법이라고 주장하는 이 인간들을 몰아내기 위해 한번 화끈하게 싸워보는 거야."

"후!"

장서은이 고개를 들어 천정을 향해 한숨을 내뱉었다.

"그리고 말이야."

"……?"

"서울지검에 내가 생각하고 있는 사람이 있는데……."

"누구…… 말씀이신지요?"

"자네 서울대 법대 동문이야."

"박 검이요?"

"그래, 박인수 검사. 진짜 우리 편이라면 엄청난 힘이 될 거야."

"안 돼요."

장서은이 딱 잘라 말했다.

"왜?"

"박 검은 제가 같이 공부를 해 봐서 알아요. 박 검은 엘리트 위의 엘리트, 아니 그 위의 엘리트입니다. 저기 저 까마득하게 높은 곳에 있어서 보이지도 않는 녀석이라고요. 천재도 보통 천재가 아닙니다. 의원님께서 생각하는 그런 천재보다 더 엄청난 천재. 그 천재가 박 검입니다. 그런 엄청난 스펙과 두뇌를 가진 남자가 뭐가 아쉬워서 엘리트 집단 전체와 싸우려 할까요? 가만히만 있어도 최상위 포식자가 될 텐데요. 더군다나 고졸 출신 대통령을 막으려 하는 자들을 상대로…… 싸울 리가 없어요."

"그렇게 단정 지을 수는 없잖아?"

"엘리트들은 결국 엘리트 편이에요. 제가 기억하는 박 검은 성공을 위해 오직 공부만 한 인간입니다. 바늘로 찔러서 피 한 방울 나오지 않을 남자가 과연 김민국을 위해 싸울까요? 잘못되면 그동안 쌓아 온 모든 것이 다 무너지는데요?"

"그래도 그동안 처리해 온 건들을 살펴보니까 정의로운 사람인 것은 확실해."

"물론 정의로운 엘리트들도 많습니다. 하지만 제가 우려하는 부분은 인간의 욕망과 야망을 절대로 얕보면 안 된다는 것입니다."

"박인수 검사의 야망이 그렇게 커?"

"야망 덩어리라고 판단하는 바입니다."

"휴…… 알겠네. 자네 말대로 섣불리 손을 잡았다가는 큰일 나겠어."

"네. 일단 제가 동료들을 더 모으고 민주공익변호인단 쪽을 알아보겠습니다."

"맞아. 거기 멋진 사람들 많아. 민주공익변호인단이야말로 이런 일이라면 두 손 두 발 다 걷고 나서서 적극적으로 동참하겠지."

"네. 일단 그 문건을 봐야겠습니다."

"그래. 내일이라도 당장 시간 내서 서울 올라와. 내부고발자가 누구인지부터 알아내야 돼. 그렇지 않고 시작했다가는 우리만 다쳐. 하지만……."

국정감사가 코앞이었다. 국회가 국가기관을 상대로 강력한 힘을 발휘할 수 있는 시간이었다.

"네. 이제 곧 국감이죠. 내부고발자를 찾지 못해도 시작해야 해요."

"그게 문제야. 그래서 그 전까지 찾지 못하면 어쩔 수 없이 터트려야 돼. 먼저 까발리고 국감에서 국정원장부터 부수고 봐야겠지."

"네. 술이 확 깨네요."

"나도 마찬가지라네."

두 사람이 식당을 빠져나와 택시를 잡았다. 택시를 잡아타는 것을 뒤에서 지켜보는 사내.

인수가 풋, 하고 웃고 말았다.

"뭐? 야망 덩어리? 안 되겠네. 기껏 도와줬더니 한다는 소리가…… 어휴. 내가 동료들에게 그렇게밖에 안 보이나? 이거 광주까지 와서 별소리를 다 듣네?"

인수는 호주머니에 손을 넣고는 쓴웃음을 지으며 밤거리를 걸었다.

한참을 걷다가 하늘을 올려다보았다.

금방이라도 첫눈이 내릴 것만 같았다.

이제는 잊어도 되건만, 세영의 슬픈 눈이 떠올랐다.

첫눈을 보니 묵은 감정이 다 사라지는 것 같다던 그 슬픈 눈.

인수는 윤철에게 전화를 걸었다.

"김영우 위치 잡았어?"

[옛설, 첫설, 파라솔, 바람이 솔솔……]

"시끄러."

[……]

"일단 해외도피를 막아야 돼. 거기까지 가면 그 양반은
이미 죽은 사람이야. 잘 지키고 있으라고. 의로운 사람 우
리가 못 지키면 누가 지키겠어."

윤철이 대답을 하지 않았다. 뭔가 심각했다.

한참 뒤 윤철이 말했다.

[국정원 대공정책실 보좌관 김영우. 이 사람이 내부고발
자인 걸 어떻게 안 거야? 이제는 말해 줄 때도 되지 않았
어?]

평소에는 어설퍼 보이지만, 이럴 때는 딱 부러지게 따지
고 드는 윤철이었다.

"때가 되면 말해 줄게."

[인수야.]

"왜?"

[아냐. 알았다고.]

윤철은 인수에게 묻고 싶었다. 오진선과 장서은이 만나
는 잘소를 알려주었는데, 서울에 있던 인수가 지금 광주에
있는 것이었다.

순간이동이라도 했단 말인가?

이 부분을 확인하고 싶었지만, 윤철은 꾹 참은 것이었다.

귀환 전, 인수는 방송을 통해 김영우의 죽음을 지켜보았었다.

2012년 10월 25일.

김민국 때려잡기 문건이 터진 후, 국정원을 상대로 국정감사가 시작되었다.

국정원은 직무상 취득한 기밀 누설 혐의로 김영우의 강제 소환 조사를 진행했으나, 이미 해외로 도피한 그는 뉴저지주 망명사무소에 망명을 신청한 상태였다.

하지만 망명이 받아들여지지 않으며 강제 추방을 당하게 되었고, 김영우는 강원도의 한 야산에 위치한 저수지 근처의 차 안에서 차가운 주검으로 발견되었다.

검찰의 발표에 따르면, 소환조사에 임하겠다고 집을 나선 김영우가 강원도로 차를 몰아 저수지 근처에 차를 세운 뒤 번개탄을 피워 스스로 목숨을 끊었다는 것이었다.

전 국민이 검찰의 발표를 믿지 않은 사건이었다. 국정감사도 흐지부지 끝나 버렸다.

그로부터 3년 뒤인 2015년 7월 13일.

'JYJ' 라는 해커가 붙잡혔다.

이탈리아에서 만들어진 감시 프로그램을 국내로 들여와

국민들의 사생활을 감시한 국정원의 자료를 털어 온 천하에 공개했던 화이트해커가 검거된 것이었다.

인수는 그 해커가 윤철이 틀림없다고 생각했다.

어쩌면 그날은 더 빨리 다가올지도 모를 일이었다.

이완영을 잡아넣는 과정에서 윤철과 유정이 노출된 부분은 뒤탈이 없도록 놈들의 뇌리에서 깨끗하게 지워 버렸다.

하지만 진짜 큰 문제는 검찰 내부에서 점점 커져만 가는 자신의 위상이었다.

이 커다란 국가적 범죄 앞에서 박재영 총장을 비롯해 동료들의 지지와 협조를 끌어올 수는 있겠지만, 그들의 뜻과 반한다는 사실이 밝혀지면 검찰 전체를 상대로 싸워야 하는 상황이 발생할지도 모른다.

그리고 그런 상황까지 간다면, 그때는 검찰뿐만 아니라 모든 권력자들이 인수를 적으로 간주하고 등을 돌릴 것이다.

결국에 이 모든 문제를 해결할 수 있는 방법은 딱 하나였다.

여론.

대한민국의 검찰이 정의를 위해 칼을 베어 나갈 수 있도록 진실은 밝혀져야만 했다.

그들이 고졸 출신의 대통령을 인정하고 안 하고의 문제가 아니었다.

김민국 때려잡기는 한 인간과 그 사랑하는 가족을 피 말려 죽이는 인권 파괴의 범죄이며 민주주의의 파괴이자 더 나아가 국가의 근본을 무너뜨리는 행위로, 중대한 국가적 범죄라는 사실만큼은 반드시 인정해야만 했다.

"사법권도, 유무죄를 판단할 권한도, 모두 국민으로부터 부여받은 것입니다. 저라면 국민의 뜻에 따르겠습니다."

대학입학사정관 앞에서 '정의란 무엇인가?'에 대한 질문에 인수는 당당히 답했다.

중요한 것은 국민의 뜻이다.

그래서 입학이 결정된 것이 아닌가.

그런 그들이 이제 와서 정의가 무엇인지를 모르고, 자신들의 기득권을 지키기 위해 범죄를 용인한다면 뼈저리게 느끼게 해 주는 수밖에 없다.

하지만 내부고발자 김영우를 어떻게 보호할 것인가.

이것이 이 사건의 핵심이었다.

한참 동안을 이런 생각에 잠겨 있던 인수가 어디론가 전화를 걸었다.

"민식. 나다."

[스승님?]

"그냥 형이라 그래."

[아닙니다, 스승님. 그럴 수 없습니다.]

"형이라고."

[네, 형.]

"질문의 대답은 찾았나?"

[확실한 건 모르겠지만, 올바른 길에 사용해야 한다고 생각합니다. 다른 답은 찾지 못했습니다.]

"너에게 올바른 길은 뭐지?"

[강해지는 것입니다.]

끙.

"됐고. 일단 만나자."

[스승님! 합격입니까? 저 이제 거두어 주시는 겁니까?]

"틀렸어."

[아, 네……]

"일단 필요해서 거두는 거니까, 그런 줄 알아. 해야 할 일은 만나서 알려주마."

[제가요? 뭘 하면 되나요?]

"너 잘하는 거."

[제가 잘하는 거요? 누구랑 싸우면 됩니까?]

"후. 사람을 지켜야 돼. 무슨 수를 쓰더라도 그 사람을 지켜야 돼. 너라면 충분해."

[알겠습니다!]

전화를 끊은 인수는 골목길을 찾아 어둠 속으로 들어갔다.

우우웅.

서클을 회전시켜 화이트존을 생성시켰다.

화이트존 안에서 시간을 되돌린 인수는 몇 시간 전에 자신이 머물고 있던 신혼집의 서재를 찾았다.

이동좌표가 계산되었다.

"텔레포트."

인수의 입에서 주문이 새어 나오자 바닥이 불타오르며 마법진이 생겨났고, 그 마법진 속으로 인수의 몸이 빨려들 듯 순식간에 사라졌다.

이내 몇몇의 불꽃만이 바람에 흩날릴 뿐, 그곳에는 아무 일도 없었다는 듯 정적이 맴돌았다.

◇　◆　◇

인수의 서재.

바닥에서 마법진이 불타오르며 생겨나더니, 인수의 몸이 쑥 솟아올라 왔다.

시간을 보니, 10시 30분.

세영이 이브닝 근무를 마치고 돌아올 때가 되었다.

인수는 전화를 걸었다.

"뭐 먹고 싶은 거 있어요?"

[딸기⋯⋯요.]

"오구오구. 알았네요."

[치. 그냥 들어가는 길에 사 갈게요.]

"음. 마중 나갈게요."

[그럴래요?]

"네. 지금 당장 나갑니다."

[인수씨…… 저 있잖아요.]

"네, 말씀하세요."

[순대도 먹고 싶고요. 떡볶이도 먹고 싶어요.]

"민아가, 당신이?"

[뭐야! 그 질문의 뜻은 뭐야!]

"아냐."

[내가 먹고 싶으면 안 사주고, 아기가 먹고 싶다면 사준다는 거야? 요?]

"하하! 민아가 먹고 싶은 게 당신이 먹고 싶은 거고 당신이 먹고 싶은 게 민아가 먹고 싶은 거지요."

[치. 삐졌음.]

"떡볶이 내가 해 줄까요?"

[싫어요.]

"왜요?"

[나 그 집 떡볶이랑 순대가 계속 생각난단 말이에요.]

인수는 바로 눈치를 챘다. 세영이 고등학교 때부터 즐겨 먹던 친정집 분식점을 말하는 것이고, 동시에 엄마아빠도 보고 싶은 것이다.

"그러면 거기서 사 가지고 집에 들어가죠 뭐."

[정말요?]

"근데 아버님, 어머님 주무시지 않을까 싶네요?"

[전화해 볼게요.]

"네."

인수는 전화를 끊고는 밖으로 나갔다.

엘리베이터를 기다리고 있는데 핸드폰이 울렸다.

[빨리 오래요.]

"알았어요."

인수는 세영을 차에 태우고는 출발하기 전에 얼굴을 살펴보았다. 힘들어 보여 맘이 짠해 왔다.

"일을 슬슬 그만둬야 할 거 같지 않아요?"

"전업주부 하라고요?"

"아니면 휴직계라도."

"생각 좀 해 볼게요."

"그래요. 자, 맛있는 떡볶이랑 순대 먹으러 갑시다!"

"출발!"

세영의 목소리가 무척 밝았다.

"마눌님. 뭐가 더 좋은 건가요?"

"네? 뭐가요?"

"그 집 떡볶이랑 순대가 더 좋은 건가요? 아니면 아버님 어머님 뵈러 가는 게 더 좋은 건가요?"

"친정에서 맛있는 거 먹으니까 좋네요."

"알겠습니다."

"뭐야. 싱겁게."

"어허, 은근슬쩍 말이 짧네요."

세영이 아랫입술을 내밀었다.

"참, 이 시간에 당신이 떡볶이 양념에 순대 찍어 먹는 거 아버님이 지켜보시기 힘드실 거 같은데요?"

"전화해 볼까요? 뭐 드시고 싶으신 거 있나?"

"회 떠 가죠?"

"또 술……."

"아니, 당신 먹는 거 구경만 하시기 힘드실 거 같으니까……."

"됐어요. 맨날 술이야. 뭔 핑계를 대서라도 술이야. 민아 듣는다고 말도 높이라면서 맨날 술 먹는 거는 부끄럽지도 않아요?"

"에이, 안 가."

"……."

"맘 상했어."

"헐…… 내가 뭐라고 했다고 맘이 상해? 요?"

"내가 술을 마시면 뭐 얼마나 마신다고 벌써부터 잔소리야."

인수가 시동을 꺼버렸다.

"어머. 무슨 남자가 이렇게 쪼잔해? 요?"

"쪼, 쪼잔? 아니, 내가 밖에서 만취를 해서 집에 기어 들어오는 것도 아니고. 당신 먹고 싶은 떡볶이랑 순대에 부모님 보고 싶어 하니까 같이 가서 인사도 드리고 그 참에 아버님이랑 정답게 술잔도 기울이고 그러자는 것을 꼭 그렇게 민아 듣는데 부끄럽네, 어쩌네, 그렇게 말을 해야겠어요? 뭐 누가 들으면 주정뱅인 줄 알겠네."

세영이 기가 막혀서 인수를 쩌려보았다.

"왜? 뭐? 왜 사람을 그런 눈으로 보는데?"

인수는 신혼 초라 군기를 좀 잡을 필요가 있다고 생각했다. 오냐오냐해 주면 공처가가 되어서 꽉 잡혀 살게 될 것이 뻔했다.

그러니 네가 뭐라고 한마디 하면 나도 이렇게 두 마디 세 마디 받아친다는 것을 보여 준 것이다.

이른바 신혼초기 기 싸움이었다.

"알았어요. 그냥 들어가요, 그럼."

"으응?"

세영이 차에서 내리더니, 집을 향해 성큼성큼 걸어가 버렸다.

"아니, 뭔 말 좀 했다고 그러기야?"

인수가 차에서 재빨리 뒤따라 나왔다. 세영은 뒤도 돌아보지 않았다. 그저 찬바람만 일으키며 엘리베이터를 향해 전진할 뿐이었다.

"아, 좀!"

인수가 그런 세영의 뒤에서 손목을 붙잡았다.

세영이 홱 뒤돌아섰다. 그러더니 무서운 눈으로 인수를 노려보았다.

"나. 쁜. 놈."

"헐⋯⋯."

"본심을 드러내는구나?"

"아니⋯⋯ 그게 아니고⋯⋯."

"결혼도 했고, 그렇게 원했던 딸도 가졌다 이거지? 그러니까 이제는 막 말해도 상관없다는 거지?"

"아니요. 아닙니다."

"아, 뭐가 아니야!"

"절대로 그런 것이 아닙니다."

"됐어."

세영은 더 이상 말하지 않았다. 획, 집으로 들어가 버렸다.

"큰일 났네. 저렇게 화내면 민아한테 안 좋은데."

인수가 뒤따라 집으로 들어왔다.

"미안해."

뒤에서 사과를 했지만 세영은 인수의 얼굴을 보지도 않았다.

"가자. 떡볶이랑 순대 먹으로 가자. 응?"

세영은 여전히 대꾸하지 않았다.

"아, 거…… 미안하다고. 가서 술 안 먹을게. 됐어?"

인수는 점점 답답해져왔다.

"내가 사과하잖아."

세영이 안방으로 들어가더니, 화장대 앞에 앉아 멍하니 거울만 보았다.

그러더니 거울을 통해 인수의 얼굴을 째려 보고나서, 서랍을 열었다.

"……?"

세영이 머리핀을 꺼내어 인수에게 건네주었다.

"주인 전해 줘."

"주인? 누구?"

"몰라?"

"이게 누구 건데?"

"정말 몰라서 물어?"

"……."

"나 피곤해. 혼자 잘 테니까 옆에 오지 마."

"세영아."

"그만. 더 이야기하고 싶지 않아. 나가 줘."

세영은 화장대거울을 통해 자신의 얼굴만 바라볼 뿐이었다.

머리핀을 손에 든 인수가 한참 뒤에 대답했다.

"알았어."

인수가 대답하고는 거실로 나갔다.

세영은 두 눈을 질끔 감고 말았다. 참았어야 했는데, 꼭 그럴 필요까지는 없었는데…….

후회가 막심했다.

그날 새벽.

세영이 거실에서 잠든 인수의 등으로 파고 들어왔다.

"어…… 화 풀렸어?"

"미안."

"아냐. 자. 내가 더 미안해. 이리 와."

인수가 뒤돌아 세영을 꼭 안아주었다.

그러자 세영이 인수의 품안에서 말했다.

"나 떡볶이 먹고 싶어. 순대랑."

"……."

인수는 머리를 흔들어 잠을 떨치고는 벌떡 일어섰다.

"당장 사올게!"

"빨리 사와."

"네!"

"여기 앞에 분식점 말고, 집 앞에 분식점."

"그럼요."

인수는 시계를 보았다.

"근데…… 문 닫았을 거 같은데?"

"그러면 신당동……."

"당장 다녀오겠습니다."

"응. 빨리 와."

"네!"

인수는 곧바로 옷을 갈아입고는 밖으로 튀어 나갔다.

텔레포트로 이동할 수 있으면 좋으련만, 화이트존을 통해 신당동 떡볶이 타운을 찾을 수는 없었다.

인수가 떡볶이와 순대를 사오자, 잠들었던 세영이 벌떡 일어나 눈을 부비며 허겁지겁 먹기 시작했다.

"맛있어?"

"응."

"많이 먹어."

인수가 사랑스런 눈길로 식탐을 부리고 있는 세영을 보았다.

"됐어."

하지만 세영이 차갑게 내뱉었다.

"뭐가 돼?"

"됐다고. 넌 땡이야."

"와, 사오니까 또 태도 바뀌는 거 봐라?"

"흥."

"뭐가 또 홍이야?"

"말 섞고 싶지 않아."

"와…… 대단하다."

먹는 것도 대단했지만, 그 와중에 자신을 차갑게 대하는 것도 대단했다.

인수는 정신없이 먹는 세영을 보며, 앞으로 공처가의 인생을 피해 가기는 틀려먹었다고 생각했다.

"콜라."

"안 돼."

"먹고 싶다고."

"민아 아토피 와."

"그럼 물."

"응."

인수가 재빨리 물을 떠왔다.

"얼음."

"아, 얼음."

"잔뜩 채워서."

"네, 마님."

다시 얼음을 채워왔다. 세영은 그 물을 벌컥벌컥 들이켰다. 얼음을 소리 내어 씹어 먹었다.

"아, 콜라든 사이다든 시원한 탄산음료 먹고 싶다."

"참아."

"됐어."

"뭐가 자꾸 돼?"

"넌 땡이야."

"사왔잖아?"

"딸기는 왜 안 사와?"

인수의 표정이 멍해졌다.

"아…… 딸기……."

인수가 다시 벌떡 일어섰다.

"됐어. 나 잘래."

"아냐. 당장 사올게."

"됐다고."

"……."

세영은 인수가 사온 음식을 하나도 남기지 않고 깨끗하게 비웠다. 양념까지 다 발라먹었다. 서운했다.

빈말이라도, 당신도 좀 먹어 보라는 말을 꺼내지도 않다니.

뒷정리는 하지도 않고, 양치도 물론 하지도 않고 곧 바로 안방으로 들어가 숙면을 취했다.

"헐."

인수가 닫힌 방문을 보며 자기도 모르게 혼자 내뱉었다.

"이게 아닌데……."

트리니티 레볼루션
Trinity
Revolution

제53장 인간의 기본적인 가치

김영우는 아내를 흔들어 깨웠다.

매우 조심스럽게 깨웠지만, 그의 아내는 깜짝 놀랐다.

깨어나는 순간, 식은땀이 온몸에서 쭉 빠져나왔다.

국정원 대공정책실 보좌관이었던 남편이 사표를 던지고 나온 후, 하루하루를 잔뜩 긴장하고 있었기 때문이었다.

"짐 싸야지."

김영우는 아내의 이마에 식은땀이 송골송골 맺혀 있는 것을 보자 마음이 안쓰러웠다.

수건을 가져와 직접 닦아주었다.

"괜찮아?"

"하아…… 괜찮아요."

괜찮지가 않았다. 머리가 무거운 것만큼, 앞날에 대한 걱정으로 인해 모든 것이 다 버겁고 두렵게만 느껴졌다.

그래도 남편의 정의를 믿고 응원하기에 힘을 실어 주었다. 잘못된 것을 바로잡아야 한다는 그 용기를 일신의 안락을 영위하고자 꺾을 수는 없었다.

하지만 딸이 걸렸다. 그것은 부부가 같은 마음이었다.

일단 일이 터지기 전에, 펜실베이니아주 해리스버그에 살고 있는 친누나의 집에서 지내며 국내 상황을 지켜볼 계획이었다.

그는 일이 잘못될 것을 대비하기 위해 두 가지 목표를 세웠다.

첫째는 미국 정부로부터 망명승인을 받는 것이고, 둘째는 뉴욕에서 변호사 자격증을 취득하는 것이었다.

그의 외동딸은 이제 5살로, 친구들과 헤어지고 싶지 않다고 말했었다.

"아주 잠깐이야. 고모 집에 놀러가는 거 신나지 않아?"

"잠깐? 몇 밤?"

"음, 열 밤?"

"한 밤, 두 밤, 세 밤, 네 밤…… 하!"

"금방 지나갈 거야."

김영우는 토라진 딸을 겨우 재웠다. 해리스버그는 평소에 4박 5일로 다녀왔기에 이번 여행은 전과는 달리 긴 여행이

될 것이라는 암시를 주어야만 했다. 사실 열 밤은커녕 앞날이 까마득했다.

사랑하는 딸을 위해서라도, 거짓말을 하고 싶지는 않았지만 어쩔 수가 없었다. 망명 승인으로 보호를 받고, 국내 상황이 안정되면 다시 고국으로 돌아올 것이라고 다짐하는 그였다.

그가 조국을 등질 이유는 하나도 없기 때문이었다.

"우리 공주님 이제 일어나야죠?"

아침잠에서 깨어나지 못하는 딸의 얼굴을 쓰다듬던 김영우는 초인종 소리에 깜짝 놀랐다.

모니터를 확인하니, 두 명의 사내와 여자가 있었다.

"누구신지요?"

[서울지검 범정과에서 나왔습니다. 김영우 보좌관 댁이죠?]

모니터 속의 남자가 신분증을 제시했다.

검사 박인수.

검사 신분증을 확인한 순간, 김영우의 동공이 지진이라도 일어난 것처럼 심하게 흔들렸다.

"서울지검에서…… 왜죠?"

[김영우 보좌관님. 만나 뵙고 드릴 말씀이 있습니다.]

김영우는 뒤를 돌아보았다. 그의 아내가 잔뜩 겁에 질린 얼굴로 서 있었다.

"괜찮아. 오 의원은 믿을 수 있는 사람이야."

김영우가 속삭이듯 말했다. 그의 아내가 고개를 주억거렸다.

하지만 김영우는 아내를 안심시켰을 뿐, 정작 본인은 상대를 믿을 수가 없었다.

한데, 박인수의 얼굴이 뇌에서 번쩍거리며 떠올랐다.

'공수처!'

고위공직자들을 상대로 이름을 날리고 있는 그 천재검사가 지금 문 앞에 서 있는 것이었다.

김영우는 숨을 고르며 머리를 회전시켰다.

내 편지를 받은 오진선 의원이 일을 터트리기 위한 적임자를 찾았다고 치자. 하지만 어떻게 내 존재를 알고 찾아왔단 말인가?

나는 분명 익명으로 편지를 보냈는데.

답은 하나였다.

사직서로 인해, 가장 유력한 내부고발자라고 판단한 것임에 틀림없었다. 그렇다면 떠보기 위해 왔을 터.

"무슨 일 때문이죠?"

[일단 도피하시면 안 됩니다.]

"……!"

이건 뭐 떠보려고 온 것이 아니라, 다 알고 있다는 투였다.

오 의원이 설마 역으로 국정원에 연락을 취한 것일까?

그렇게 문건이 언론에 전해지지 않고 다시 국정원으로 돌아가 검찰을 통해 자신을 구속하려는 것일까?

'오진선······.'

정의로운 정치적인 행보를 걷고 있는 것처럼 보이는 겉모습과는 달리, 뒤에서는 추잡한 짓을 일삼는 더러운 정치꾼들과 똑같은 인간이란 말인가?

모니터가 꺼졌다.

김영우의 머릿속은 여전히 복잡했다.

일이 터지기도 전에 검찰이 먼저 왔다는 것은 십중팔구 문건이 새 버린 것이었다.

젠장맞을!

모니터 앞을 서성거리던 김영우가 조심스럽게 화면을 다시 켜보았다.

[문건은 새지 않았습니다.]

"······!"

상대는 자신의 속을 훤히 꿰뚫어 보고 있었다.

"당신······ 원하는 게 뭐야?"

[망명은 김 보좌관님을 보호하지 못합니다.]

"······!"

[본 검찰은 특정범죄신고자 등 보호법에 의거, 이 시간부로 제보자의 보호를 위한 증인보호프로그램을 가동시켰습니다. 그러니 망명보다는 본 검사를 믿으세요.]

"대한민국 검찰을 어떻게 믿어! 아니, 당신이 검사라는
것도 지금 믿을 수가 없잖아!"

김영우가 소리치자 밖에서 웅성거렸다.

[저 양반 저러면서 미쿡 정부는 어떻게 믿지?]

여자의 목소리였다.

[미쿡이 그렇게 좋나?]

[거 쓸데없는 소리하고 있네.]

[저런 새가슴이 그런 용기는 또 어디서 났지?]

[거 입방정하고는. 너 그 입 좀 안 다물래?]

[야 그냥 가자. 뭐, 시팔 지켜주고 싶어도 저 지랄이니 어
떻게 지켜줘?]

"……"

김영우는 밖에서 나누는 대화를 다 들었다.

[이봐요! 문 좀 열어 봐요! 거 사람이 사람 말을 그렇게 못
믿어? 앙? 매일 속고만 살았어?]

쾅쾅쾅!

사납게 생긴 여자가 문을 두드리자, 김영우의 아내 하선
미가 깜짝 놀랐다. 딸도 잠에서 깨어나 방안에서 엄마를 찾
았다.

"여보……"

"돌아가세요! 할 말 없습니다."

김영우가 또 소리쳤다. 하선미는 엄마를 찾는 딸아이의

방으로 달려 들어가 딸을 안아주며 안심시켜 주었다.

쾅쾅쾅!

밖에서 문을 두드릴 때마다, 울려 퍼지는 소리로 인해 김영우는 심장이 떨어질 것만 같은 공포에 휩싸여 뒷걸음질을 쳤다.

[거 답답하네. 문 좀 열어 봐요! 이 양반 이거 완전히 새가슴이네? 이런 양반들이 꼭 수습도 못하면서 일 터트리기는 일등이고 숨기도 잘도 숨어요.]

그 말에 김영우가 발끈했다.

권력의 부정부패와 불의에 맞서 싸우기 위해 자신의 목숨과 가족을 포함한 삶 그 자체를 건 그의 용기를 깡그리 무시하는 발언이었다.

김영우는 뒤를 돌아보았다.

그의 아내와 딸이 몹시 두려워하고 있었다. 아내는 그렇다고 쳐도 영문도 모르는 딸은 부모가 두려워하니 덩달아 겁을 내고 있는 것이었다.

"아무 일 없을 거야. 괜찮아."

더 이상 피하고 싶지 않았다.

김영우가 문을 열었다.

"봐, 열리잖아?"

유정이 씩 웃으며 말했다.

"안녕하십니까? 박인수라고 합니다."

"네……."

김영우는 의심의 눈빛을 거두지 못한 채 인수를 훑어보았다.

문을 열면 다짜고짜 안으로 쳐들어올 줄만 알았는데 정중한 자세로 서 있었다.

"잠시 들어가도 되겠습니까?"

김영우는 인수를 눈앞에서 본 순간 믿음이 생겨났다.

그 이유를 정확하게 알 수는 없지만, 착하고 강한 사람이라는 확신이 들었다.

"네, 들어오시죠."

인수는 집주인이 허락하자, 안으로 들어가 유정과 민식을 소개했다.

"여기는 수사관 서유정, 그리고 여기는 오늘부로 김 보좌관님께서 채용하실 경호원입니다."

"네?"

"안녕하십니까? 보디가드 김민식입니다! 앞으로 제 목숨을 걸고 김 보좌관님과 가족 분들을 지켜 드리도록 하겠습니다!"

김영우와 하선미는 멍한 표정으로 민식을 보았다.

"일단 앉아서 얘기를 나누도록 하죠?"

인수의 말에 두 부부는 정신을 차리고는 손님을 탁자로 안내했다.

"이쪽으로 오세요."

자리에 앉은 인수는 길게 설명하지 않았다. 정치적인 망명은 성공하지 못한다는 사실과 어렵게 내린 결단은 국정감사에서도 대국민 쇼에 그쳐 불발이 되고 말 것이라는 경고까지.

"숨지 마시고 당당하게 헤쳐 나가야 합니다. 제가 지켜 드리겠습니다."

인수의 말을 잠자코 듣던 김영우는 마침내 고개를 설레설레 저었다.

"이미 마음의 준비와 앞으로의 계획이 선 상태이기에 받아들이기가 힘듭니다."

"그 고충 충분히 이해합니다."

김영우가 탁자에서 결단을 내리지 못하고 있는 그때, 베란다에서는 민식이 딸아이 효진과 함께 미미인형을 들고 놀아주고 있었다.

"효진아, 너는 왜 나보다 더 예쁘니?"

"응. 그건 내가 잠꾸러기라서 그래."

"그래? 나는 하루 종일 자는데 왜 너만큼 예뻐지지가 않는 고야?"

"응, 그건…… 엄마 왜 그래?"

효진이 베란다에서 엄마를 향해 소리쳐 물었다. 하선미가 웃으며 탁자에서 일어나 베란다로 나갔다.

"음…… 미미가 잠을 아무리 많이 자도 우리 딸은 천사라서 더 예쁜 거야."

효진이 엄마의 대답을 듣더니 고개를 갸우뚱거렸다.

"천사는 날개가 있잖아. 근데 효진이는 날개가 없는데?"

"날개 없는 천사도 있어."

민식이 재빨리 대답해 주었다.

"아! 그렇구나!"

효진이 손바닥을 딱 치며 좋아하는 그때 선 채로 창밖을 내려다보고 있던 유정이 시큰둥한 표정으로 툭 내뱉었다.

"천사가 어디 있어."

"천사 있어요!"

효진이 유정을 올려다보며 소리쳤다.

"없어. 그딴 거."

유정은 여전히 효진을 내려다보지도 않고 창밖만 바라보며 말했다.

"……."

효진이 입술을 내밀더니 울먹이는 표정을 지으며 엄마에게 안겼다.

"오구오구. 언니가 좀 무섭네? 그치?"

하선미도 유정이 무서웠다.

효진이 고개를 끄덕이면서도 무섭게 생긴 유정의 눈치를 힐끗힐끗 보았다.

"거 참, 누나는 애한테 꼭 그러고 싶어?"

여전히 선 채로 창밖만 바라보고 있는 유정.

"애도 현실을 알아야 돼. 없어."

"있어. 천사는 있어."

"웃기지 마. 없어."

"누나 나랑 내기할래? 천사 있으면 어떡할 거야?"

"시끄러."

"내가 천사 데려 오면 어떡할 거냐고?"

"참 나, 어디 있으면 데려와 봐라. 내가 니 동생 한다."

"효진아, 이리 와."

민식이 두 팔을 벌렸다. 효진이 엄마 품에서 떨어지지 않으려고 하자, 엄마가 보내주었다.

"오빠한테 가봐."

효진이 달려와 민식에게 안겼다.

"자. 천사 여기 있잖아."

유정이 그제야 시선을 돌렸다. 민식의 품에 안긴 효진을 보았다. 그렇게 무표정한 얼굴로 효진의 맑은 눈망울을 바라보았다. 그 눈이 정말 천사 같았다.

"있네."

"있지? 너 이제 내 동생이다."

"이게 죽을라고!"

"마귀할멈이다! 효진아, 도망가자!"

민식이 효진을 안고 일어서서 베란다를 빠져나와 효진의 방으로 도망쳤다. 효진이 까르르 웃었다.

　김영우는 민식이 딸을 예뻐해 주며 놀아주는 모습이 보기 좋았다.

　"근데 저 청년은……."

　"좀 전에 말씀드린 것처럼 김 보좌관님께서 직접 고용하신 겁니다."

　"……?"

　"공식적으로요. 그러면 문제될 것이 없죠."

　김영우가 무슨 말인지 알겠다는 듯 고개를 끄덕였다.

　"앞으로 서 수사관과 함께 24시간 가족을 지켜 드릴 것입니다. 믿을 만한 친구이니까, 염려 놓으셔도 됩니다."

　"아…… 그런 뜻은 아니었습니다."

　"네, 알고 있습니다."

　인수가 자리에서 일어섰다.

　"그럼, 저는 이만 가보도록 하겠습니다."

　"저기…… 박 검사님?"

　"네."

　"오 의원님께서 다른 말씀은 없으셨습니까?"

　"저는 오 의원님이 보낸 사람이 아닙니다."

　"네? 그럼 어떻게 알고……."

　"하늘 아래 비밀이 어디 있겠습니까?"

인수의 말은 곧 뛰는 놈 위에 나는 놈 있다는 말로 들렸다.

"그렇다면 오 의원님은 편지를 보낸 사람이 저라는 사실을 아직은 모르고 있는 건가요?"

"네. 저와 우리 팀을 제외한 그 누구도 모르는 사실입니다. 하지만 이제 곧 일이 터지면 국정원 내부 조사를 통해 내부고발자가 김 보좌관님이라는 것이 드러나겠지요."

"사직서를 급하게 제출하지 말았어야……"

김영우도 언젠가는 자신의 정체가 드러날 것임을 잘 알고 있었다.

"그건 아닙니다. 사직서를 냈든 보류했든 정체가 드러나는 것은 시간문제입니다. 문건과 관련된 흔적은 지워도 복원이 가능하니까요."

김영우의 얼굴이 어두워졌다. 직무상 취득한 기밀 누설 혐의로 국정원이 고소를 할 것이고, 고소가 접수된 이상 검찰은 증거 인멸 가능성과 도주 가능성을 빌미로 구속 수사를 진행하게 될 것이기 때문이었다.

가장 큰 문제는 사방이 적이라는 것.

"걱정 마세요. 제가 먼저 증인보호프로그램을 가동시켰으니 법적인 고소 공격은 막을 수 있습니다. 제가 제보자를 보호하고 있고 증인보호프로그램에 의해 신원을 밝힐 수 없다면 검찰총장, 아니 대통령도 어찌하지 못합니다. 그들이 먼저 제보자의 신원을 밝히고 직무상 취득한 기밀 누설죄로 고소를 하면 본 검사가 특정범죄신고자보호법 위반으로 역고소에 들어갈 수 있으니 팽팽한 줄다리기가 시작될 것입니다."

"아…… 그런 방법이……."

"하지만……."

"……."

"놈들은 무리수를 두겠지요."

김영우는 입술을 다물며 고개를 끄덕였다. 충분히 알아들었다. 그만큼 마음의 각오도 단단히 했다.

그의 아내도 각오를 다지며 남편의 손을 꼭 잡아주었다.

◇ ◆ ◇

인수가 김영우의 집을 다녀간 뒤, 국정감사를 일주일 앞두고 엠비엠이 단독으로 특종을 터트렸다.

오진선 의원과 장서은 검사에 의해 〈김민국 때려잡기〉 문건이 온 천하에 공개된 것이다.

국회는 말할 것도 없고, 청와대를 비롯해 국정원, 사법부, 검찰에 이어 온 국민이 놀랐고 대한민국이 발칵 뒤집혔다.

야당인 민중당은 총재의 명의로 긴급총회를 열었다.

비밀회의 원칙을 고수하자, 국회 출입 기자단은 전쟁이라도 불사하겠다는 각오로 문을 부수고 들어가기 위해 목소리를 높였고, 이 과정에서 문을 막고 선 경호원들과 몸싸움까지 벌어졌다.

한마디로 난리법석이었다.

여당도 긴급총회를 열었지만, 국회 출입 기자단은 대부분 야당총회가 끝나기만을 기다렸다.

국정원의 김민국 때려잡기 문건이 터진 지금 야권의 입장과 방향성은 대선 표심의 향배를 바꾸는 결정적인 역할을 할 것이기 때문이었다.

총회가 끝나고, 모든 총대를 짊어지게 된 오진선 의원이 국회 출입 기자단을 상대로 공식 기자회견을 진행했다.

오진선 의원이 앉은 자리 양쪽으로 함께한 사람들은 장서은 검사와 그녀의 동료 검사들, 그리고 민주공익사회변호인단 10명이었다.

속보가 진행되었다.

집에서 TV를 보던 시민들은 갑자기 화면이 바뀌며 진행된 속보를 지켜보았다.

오진선 의원은 국정원 내부고발자로부터 편지로 받은 김민국 때려잡기 문건의 내용을 공개하는 것부터 시작해 인간의 가장 기본적인 가치가 훼손되었음을 주장했다.

"앞으로 국정원과 사법부를 상대로 진행될 국정감사에서

여권의 협조를 부탁드리며, 더 나아가 검찰의 역할과 검찰이 국민을 위해 이 모든 것을 명확히 밝혀내 줄 것을 촉구합니다."

"내부고발자는 누구입니까? 국정감사에서 증인으로 참석합니까?"

굉장히 중요한 질문이었다. 내부고발자의 증언이 없으면 문건은 효력을 잃고 오히려 조작된 문서로 받아들여질 가능성이 높았다.

기자들의 질문이 쏟아진 가운데 오진선 의원이 이 질문에 대답했다.

"제보자의 신원은 당연히 밝힐 수가 없습니다. 현재 서울지검의 박인수 검사가 보호 중입니다."

기자들이 웅성거렸고, 뒤에 서 있던 기자들은 재빨리 전화를 걸며 움직였다.

"서울지검 박인수 검사! 내부고발자를 보호하고 있어! 서둘러!"

검찰총장실에서 방송을 지켜보던 박재영의 얼굴이 서서히 굳어갔다. 그 어떤 표정도 읽을 수가 없었다. 무표정한 얼굴로 가만히 서 있다가 순천지청장에게 전화를 걸더니, 갑자기 불같이 화를 냈다.

"내 새끼들 지금 당장 빼! 지금 저 자리에서 내 새끼들 지금 당장 빼내라고! 너 못 빼내면 옷 벗을 각오해!"

공식기자회견에서 오진선 의원과 함께 한 검사들은 모두 다 지방의 평검사들이었다.

그들을 지금 당장 기자회견장에서 빼내라는 것이었다. 하지만 불가능한 일이었다.

기자회견이 끝나고 장서은의 전화기가 불이라도 난 것처럼 계속 울려댔다.

전화를 받으면 대부분의 전화가 검찰 선배들로부터 걸려온 것이었다. 부장부터 시작해 차장과 차관들을 거쳐 검사장도 전화를 걸어오기도 했다.

"너 미쳤냐? 보고를 했어야지, 보고를! 보고 안 하고 숨기고 있다가 지금 뭐하자는 거야! 뭐야? 누가 누굴 소환해? 너 미쳤어? 그게 가능할 거 같아? 뭐? 뭐가 어쩌고 어째? 와, 이거 완전 미친 개 또라이네? 야! 너 당장 옷 벗어!"

'너 미쳤냐?' 로 시작해 온갖 욕설과 함께 옷 벗을 각오하라는 협박으로 끝이 났다.

장서은은 전화기 전원을 끄고 오진선을 위해 국정감사 준비에 들어갈 수밖에 없었다.

온 국민이 지켜보는 가운데 놈들을 꼼짝 없이 옭아매 궁지로 몰아넣을 세밀하고 확실한 증거들을 더 찾아내야만 했다. 또 제2의 국정원 내부고발자도 찾아야 했다.

한데, 자신에게는 분명 한계가 있는 일이었다.

장서은은 인수를 떠올렸다. 참으로 놀라운 일이었다.

"내부고발자를 보호하고 있습니다."

"······!"

오진선 의원을 찾아온 인수가 증인보호프로그램과 함께 앞으로의 계획을 밝히며 동참을 원했다.

"뭔가 이상해."

장서은은 박인수에 대한 의심을 거둘 수가 없었다.

◇ ◆ ◇

검찰총장실.

박재영이 인수를 호출했다.

인수가 들어와 앞에 서자, 박재영이 자리에서 몸을 일으켜 중앙으로 걸어 나왔다.

중앙 소파에서 서성거리더니, 다시 뚜벅뚜벅 인수의 앞으로 다가와 조인트라도 깔 것처럼 노려보는 박재영.

"제보자 이름."

"말씀드릴 수 없습니다."

"나이."

"총장님. 저는 제보자의 신원을 이 나라의 헌법에 따라 보호하고 있는 중입니다."

"성별, 소속, 직책! 주소! 전화번호!"

"본 검사는 제262조 특정범죄신고자 등 보호법에 관한 법률에 의거, 증인보호프로그램을 시행하고 있습니다."

"증인보호프로그램? 그래서 뭘 보호한 거야? 응? 그래서 지금 제보자 신원이 다 밝혀진 거야? 내가 묻잖아? 대답해. 온 천하가 다 알고 있는 걸 나한테는 왜 말 못해?"

국정원장의 지시로 보안 요원들이 내부조사를 통해 김영우가 남긴 증거를 찾아냈다. 어차피 시간문제였다.

내부고발자 김영우.

국정원장은 김영우를 잡아들이기 위해 박재영을 비롯한 검찰고위직에게 협조를 부탁했다.

하지만 뜻대로 되지 않았다.

인수가 귀환하기 전이라면, 김영우는 가족들과 함께 해리스버그로 출국한 상태였다.

하지만 지금은 인수가 보호 중이었다.

인수가 김영우를 꽉 붙잡고 내주지 않자, 검찰 요직들이 돌아가며 전화를 걸어왔다.

욕하고 협박하는 자, 어르는 자, 떼쓰는 자, 사정하고 부탁하다가 다시 욕하고 협박을 시도하는 검찰 선배들이었다.

이 과정에서 소문이 퍼졌고, 김영우의 이름이 내부고발자로 만천하에 알려졌다.

"어떻게 밝혀진 것인지에 대해 제가 확인 중입니다. 저는 선배님들의 전화를 수백 통 받았지만, 제보자에 대해

단 한마디도 언급하지 않았습니다. 제보자에 관한 정보를 누설한 사람은 2년 이하의 징역 또는 400만 원 이하의 벌금에 처한다. 본 검사는 제보자의 신원을 누설한 자들을 찾아 지금부터 기소에 들어가겠습니다. 국정원장부터 시작하겠습니다."

"박 검!"

"네."

"도대체 왜 이러는 거야?"

"본 검사는 정의를 위해 법을 수호하고……."

"누구를 위해 이러는 거냐고!"

"국민을 위해서입니다."

"거꾸로 뒤집으면 민국이네?"

"그건 억지입니다."

"박 검. 잘 들어. 내가 자네를 높게 보기 때문에 이런 말도 하는 거야."

"네. 말씀하십시오."

"국정원이 김영……."

순간, 인수가 눈을 치켜떴다.

"아무튼 그 인간 잡아들이지 못하면 이 판 뒤집을 수가 없어. 고졸 출신이 이 나라 대통령이 된다고! 그것도 상고 출신이! 이게 무슨 개망신이야! 앞으로 나라 꼴이 어떻게 되겠냐고?"

박재영도 인수에게 고소당할까봐 김영우 이름 석 자를 함부로 말하지 못했다.

"제보자는 국정원장이 국익전략실장 박승일과 기조실장 안기현을 통해 김민국 때려잡기 문건과 정권에 협조하지 않는 판사 블랙리스트 작성을 직접 지시했다고 증언했습니다. 증거도 확인했습니다. 국회에서는 오진선 의원이 이들을 고소했으니 법적인 절차에 따라 소환 조사를 시작해야 합니다."

"박 검!"

박재영이 소리치자, 인수의 표정이 돌변했다.

"제보자를 잡아들이면 고문을 하고 가족들까지 모두 죽여 탈북을 시도하다 죽은 것으로 정리하겠다며 회유하겠지요. 어떻게든 수단과 방법을 가리지 않고 깃털 선에서 정리하는 것으로 사건을 축소시키겠죠. 수구언론은 국정원 일부 직원의 소행이었다며 정권을 보호하는 기사와 방송을 터트려 국민의 눈과 귀를 막을 것이고요."

"야 이 새끼야!"

그때 회의실 안에서 국정원장 양종학이 튀어나오며 소리쳤다.

"이 새끼 이거 완전 종북 좌빨 간첩새끼잖아?"

인수의 표정은 무덤덤했다. 이미 회의실 안에서 기조실장 및 전략실장과 함께 대화를 엿듣고 있다는 것을 알고 있었기 때문이었다. 그래서 언제쯤 나오시나 했다.

"너 이 새끼야! 너! 검사 맞아? 이 새끼 이거 간첩이야 이거. 너 북에 누구랑 접촉하는 거야?"

양종학이 인수를 향해 손가락질을 하며 달려오는 그 때였다.

빠악.

박재영이 주먹으로 양종학의 턱주가리를 날려 버렸다.

고개가 휙 돌아간 양종학은 그대로 뻗어 버렸다.

뒤따라 나오려던 기조실장이 멍한 표정으로 서 있었다. 박재영과 눈을 마주치고는 다시 안으로 들어가 회의실 문을 조용히 닫았다.

"간첩 같은 소리하고 자빠졌네."

박재영이 주먹을 털었다. 넥타이를 풀어 숨통이 터진 듯 한숨을 몰아쉬더니 인수를 노려보며 다가왔다.

"박인수. 너는 이 나라 걱정 안 돼? 큰 그림을 봐야지! 너는 대한민국 검찰이고! 검찰은 국가를 위해 일해야 하는 사람이야! 도대체 무슨 생각을 하고 있는 거야?"

"총장님. 총장님은 젊은 시절 검찰은 그 누구의 편도 아닌 오직 검찰의 편이라며 검사동일체를 주장하셨죠. 검찰은 하나다. 대한민국 검찰이 모두 다 총장님을 믿고 따랐고요."

"그래! 그런데 도대체 왜! 불량품처럼 튀어 나가려는 거야?"

"불량품이요? 제가요?"

"그래! 넌 지금 불량품이야!"

인수는 소파에 널브러져 있는 양종학을 내려다보았다. 그렇다면 이런 쓰레기 권력자들이 정품이란 말인가?

"우리 검찰은 하나다. 우리는 힘을 합쳐야 하니까! 서로 분열되지 말고 하나로 뭉쳐야 하니까! 우리 검찰이 한뜻으로 뭉치는 길이 곧 이 나라를 위한 길이니까!"

"좋습니다. 불량품인 저도 나라 걱정합니다. 검사 이전에 대한민국 국민인데 어찌 나라 걱정을 하지 않을 수 있겠습니까?"

"나라 걱정을 한다는 놈이 지금 뭐하자는 거야?"

"나라. 걱정되지요. 하지만 그보다 제가 더 걱정하는 것이 바로 인간의 기본적인 가치입니다. 그것을 지키기 위해 이 나라 헌법이 존재하는 것이고요. 그 가치가 땅에 떨어진 나라가 과연 나라일까요?"

인수의 목소리가 점점 커지고 있었다. 그 힘이 실린 목소리에 박재영은 조금씩 압도당하기 시작했다.

"총장님. 지금의 문제는 김민국 후보를 대통령으로 인정하느냐 마느냐의 문제가 아니라!"

인수가 내공을 돌려 고함을 터트리자, 박재영이 움찔했다. '그게 바로 문제야!' 라고 말하고 싶었지만 다시 쏙 들어갔다.

골이 쩌렁쩌렁 울렸기 때문이었다.

"한 인간을 향한 끔찍한 범죄 행위를 이 나라의 대통령부터 시작해 대법원장과 국정원장, 그리고 검찰총장부터가 옳다고 생각하고 있는 것이 문제라는 것입니다! 불법을 자행하면서 그것이 합법이라 생각하고 있다는 것이 문제라는 것입니다!"

박재영은 휘청거렸다. 머리를 망치로 얻어맞은 것처럼 충격이 전해져 와, 두 다리가 풀려 쓰러질 뻔한 것을 두 눈을 깜박거리며 겨우 균형을 잡았다.

"옳다는 것이 아니라…… 어쩔 수…… 아니…… 그게……."

박재영은 소파로 무너지며 혼자 중얼거렸다.

"크윽…… 내가 호랑이 새끼를 키웠네. 호랑이 새끼를 키웠어."

도대체 누가 누구를 키웠다는 건지…… 도대체 누가 불량품이라는 건지.

"대통령은 우리 검찰이 뽑는 것이 아니라 국민이 뽑습니다. 신민에서 인민으로, 인민은 시민으로, 그리고 시민은 교양시민으로!"

"그만해……."

박재영은 애원했다.

제발 그만하라고. 인수의 목소리가 송곳처럼 뇌를 찌르고 들어오자, 꼼짝을 할 수가 없었다. 온몸에 소름이 돋아나며 전율로 이어졌다.

충격도 충격이지만, 인수의 모든 말이 반박할 수 없는 바른 말이었다. 거기에 숨을 쉬는 것조차 힘이 들 정도였다.

인수는 괴로워하는 박재영을 내려다보았다.

권력을 쥔 자들의 머리는 도대체 어떻게 된 것인지, 언제까지 국민들이 왕에게 충성하는 무지렁이 백성처럼 신민의 삶을 살 것이라고 생각하는 것일까?

신민은 세기를 거치며 평등한 인간을 주장하는 인민의 시대를 거쳐 주권을 가진 시민이 되었다.

그리고 시민은 촛불을 밝히는 교양시민으로 나아가 대통령도 바꿀 수 있는 힘을 가졌다.

도대체 왜 권력을 쥔 자들은 그 권력이 영원할 것이라고 믿고, 교양시민의 힘을 겪어 봐야만 그제야 비로소 발등에 불이 떨어져 졸속한 처리를 진행하는 것일까.

썩어빠진 엘리트 정신이다.

이것은 변질된 엘리트이다.

진정한 엘리트는 사라진 것이다.

"총장님."

"그래……."

"잘못된 것은 바로잡아야 합니다."

"그렇지……."

국정감사가 끝나면 특검이 진행될 것이다.

이미 국정감사에서 승패가 갈려 여권과 이 썩어빠진 권력자들이 패배할 수밖에 없도록 판을 짜둔 상태였다.

1차적으로 국정감사에서 놈들을 초토화시킨 다음 2차 특검에서 박살을 내고, 3차는 법정공판에서 회생불능상태로 만들어 버릴 것이다.

국정감사가 끝나면 곧바로 이어질 특검에서는 오진선 의원이 추천하는 민주공익변호인단의 단장이 특별검사로 임명될 것이 유력했다.

인수는 제보자 보호를 목적으로 특별검사보로 특검에 들어가, 국정원장부터 시작해 김민국 때려잡기와 판사 블랙리스트와 관련된 자들을 모두 소환해 박살을 낼 계획이었다.

하지만 문제는 그 다음이었다.

또 어떻게든 빠져나가는 '법꾸라지'들을 잡아넣어야 하니까.

"특검이 끝나면 나머지 케이스 모두 저에게 보내주십시오. 공판검사도 저에게 배정해 주시기 바랍니다."

"꼭 그래야만 하겠어?"

"네. 그것이 정의를 위한 길입니다. 조사해 벌을 주고 낱낱이 까발려 국민들에게 알리는 것이 곧 우리 검찰을 위한 길이고 대한민국의 발전을 위한 길입니다."

"아니야! 우리 검찰은!"

박재영이 최후의 발악을 시도했다.

심장까지 통증이 밀려와 가슴을 쥐어짜며 피를 토하듯 내뱉었다.

"우리 검찰은!"

"……?"

"그러면 안 돼……."

"네?"

"그런 식으로 하는 게 아니야! 자네가 아직 어려서 모르는 거야."

너에서 자네로 바뀌었다.

"자네는 아무 것도 몰라! 흔들리면 그건 이미 검찰이 아니야! 우리 검찰은 그 무엇에도 흔들리면 안 돼! 그 무엇이 국민이라고 해도! 우리 검찰은 절대로 흔들려선 안 된다고! 그게 우리 검찰이야…."

"국민의 뜻에 따르는 것이 어떻게 흔들리는 것입니까?"

"그게 흔들리는 거야! 우리 검찰은 우리의 길을 가야 하는 거라고! 그 어떤 폭풍에도 흔들리지 않고! 모진 비바람에도 좌초되지 않는 굳건한 배가 바로 우리 검찰이야!"

박재영은 가쁜 숨을 몰아쉬며 소리쳤다. 조여 오는 심장의 고통보다는 흔들리기 시작한 그의 가치관이 그를 숨조차 쉬지 못하게 만들고 있었다.

인수는 파우스트가 생각났다. 안타까울 뿐이었다.

파우스트는 삶의 가치와 깨달음을 얻기 위해 악마에게 영혼을 팔고 세상의 모든 것을 경험해 보기로 했다.

그 덕분에 미녀를 비롯해 모든 것을 가졌고, 전지전능한 신의 위치까지도 올랐다. 하지만 나이 100세가 되어 고향으로 돌아와서야 진정한 삶의 가치를 깨달았다.

모든 것을 알고 모든 것을 가져보았고 모든 것을 경험해 보았지만, 내가 사랑하는 사람들 나의 소중한 사람들과 함께 살아가는 것이 진정한 삶의 가치였음을.

그래서 파우스트는 그 소중한 사람들을 외세의 공격으로부터 보호하기 위해 대수로 공사를 진행하고 성벽을 쌓아 올렸다.

"삽으로 흙을 퍼 올려라! 물을 퍼 날아라! 성벽을 쌓아 올려라! 자유든, 생명이든! 싸워서 얻는 자만이 그것을 누릴 자격이 있다!"

명령을 내리는 그는 심장이 터질 것만 같은 기쁨을 주체하지 못하고 소리를 내질렀다.

"순간이여, 영원하라! 지금 그대는 아름답다!"

하지만 이 모든 것이 환상이었다.

현실에서 파우스트는 마을 사람들에게 둘러싸여 장례식을 치르는 중이었다. 초라한 관 속에 묻혀 죽어가고 있는 것이었다.

대수로 공사와 성벽을 쌓는 공사 소리는 바로 자신의 관 뚜껑에 흙이 떨어지는 소리였다.

파우스트는 죽어 무덤에 묻히는 순간까지도 정신을 차리지 못한 미친 노인네였던 것이다.

하지만 본인은 관속에서 행복했을 터.

깨달았으니.

지금의 박재영은 파우스트보다 더 불쌍해 보였다.

"우리 검찰은! 그러면 안 돼…… 흔들리면 안 돼. 우리 검찰은 하나다! 그 무엇에도 굴하지 않고 우리의 길을 가면 돼!"

흔들리는 가치관을 끝까지 붙잡기 위해 안간힘을 쓰고 있는 노인네의 모습은 추했다.

어쩌면 파우스트도 자신의 꼴을 알고 있었을지도 모를 일이었다.

인수는 박재영이 안타까울 뿐이었다.

그의 주장처럼 부패한 권력가들의 약점을 손에 쥐고 있다가, 정권의 변화에 따라 터트리고 눈감아주는 길이야말로 정권의 시녀를 자처하는 것이기 때문이었다.

◇ ◆ ◇

국정원장이 직접 지시한 김민국 때려잡기 문건에 이어, 대법원장의 판사 블랙리스트 문건까지 이어서 터졌다.

이른바 〈Mee To〉라고 해서 각종 증언들이 쏟아져 나왔다.

인사에서 불이익을 당한 판사들과 부조리와 강압에 항거하지 못하고 억눌려 있었던 국정원 직원들이 전면에 나선 것이다.

궁지에 몰린 국정원장 양종학과 국익전략실장 박승일 그리고 기조실장 안기현과 대법원장 이원익이 비밀 회동을 가졌다.

두 사람은 비밀회담장소에서 자신들을 향해 칼을 휘두르기 시작한 검찰총장 박재영을 신랄하게 비판했다.

"이 새끼가 감히 내 턱주가리를 날려?"

이미 소문이 쫙 퍼졌다.

국정원장이 검찰총장실에서 제보자를 보호하려는 박인수 검사를 간첩으로 몰자, 검찰총장이 국정원장의 안면에 주먹을 날려 넉 다운을 시켜 버렸다고.

네 사람은 어떻게든 살아남기 위해 수를 써야만 했다. 하지만 그 수는 결국 무리수였다.

국정원장 양종학은 김영우를 잡아들이지를 못하자 모든 책임을 밑으로 떠넘기기 시작했다.

"도대체 뭣들 하고 있는 거야? 충성심을 보여 봐! 이대로 내가 끝나는 걸 지켜만 볼 거야? 내가 끝나면 우리 조직도 끝나고 다 끝나는 거야! 너희들이라고 무사할 거 같아? 다 끝이라고!"

암묵적인 지시였다. 김영우가 제거되면 상황은 깨끗하게 종료될 것이기 때문이었다.

직접적인 지시를 내리지는 않았다. 그런 바보는 아니기 때문이었다.

가장 똥줄이 타는 사람은 어버이나라사랑협회와 탈북자들을 이용해 과격시위를 조장했던 기조실장 안기현과 문건을 작성한 국익전략실장 박승일이었다.

국정원장이 이 두 사람에게 모든 책임을 떠넘기며 충성을 운운하니, 이들은 또 밑으로 책임을 떠넘겼다.

그렇게 국정원 블랙요원 4인이 움직였다.

김영우 하나만 제거되면, 이규환 정권을 비롯한 대법원장과 밑바닥까지 추락한 국정원의 위상이 다시 살아날 수 있다고 믿었다.

그들은 아직까지도 자신들이 권력을 쥐고 있다고 믿고 있었다.

권력이란, 남이 죽어도 하고 싶지 않은 일을 강제로 시킬 수 있는 힘이다.

◇　◆　◇

새벽 2시.

김영우는 낚시 가방을 트렁크에 실은 뒤 운전석에 올라

탔다.

시동을 걸고 출발한 그가 아파트 입구를 향해 나아가고 있던 그때, 순식간에 3명의 블랙요원들이 동시에 차에 올라탔고 조수석의 블랙요원이 김영우의 옆구리에 총구를 들이댔다.

그리고 아파트관리사무실 앞에서 상황을 지켜보며 대기하고 있던 또 다른 블랙요원 1인이 관리사무실 문을 따고 안으로 들어갔다.

아파트의 모든 CCTV 영상을 회수하는 중이었다.

끼이익!

김영우가 급브레이크를 밟고 서자, 조수석의 블랙요원이 협박했다.

"운전해."

"이건 아니지."

"닥치고 운전해."

"명찰에 잉크도 안 마른 것들이!"

빠악.

김영우는 관자놀이를 얻어맞고는 휘청거렸다.

"잉크 마르면 조직을 배신해도 되는 거야?"

"멍청한 것들. 나 하나 제거된다고 이 사태가 해결될 거 같아? 니들 인생 조지게 될 것은 생각 못해? 니들은 가족도 없어?"

빠악.

"운전해."

김영우는 더 이상 말하지 못하고 운전을 시작했다.

그렇게 강원도의 한 야산에 위치한 저수지 앞에 도착했다.

동이 트기 전 새벽은 가장 어두운 시간이었다.

저수지는 짙은 안개까지 끼어 시야가 확보되지 않았다.

"사이드 채워."

김영우가 사이드를 채운 순간, 조수석의 남자가 준비한 약물을 주사기를 이용해 목에 찔러 주입했다.

7초.

순식간에 바늘이 살을 파고 들어와 약물이 뇌까지 올라오는 데 걸린 시간이었다.

"부검에서 약물이 다 검출될 거야."

"아니. 국과수에 우리 사람이 있어. 받아 적어."

"누가 지시한 거냐?"

의지를 잃기 전에 해야 할 일이 있었다.

"받아 적기나 해."

"알아야겠다. 원장님? 아니면 기조실장님?"

"누구라고 할 것도 없어. 조직이 다 원하는 거야. 받아 적어."

약물이 뇌를 완전히 침범하자 김영우는 신기하게도 남자
가 지시한 대로 따르기 시작했다.

"원장님, 전략실장님, 기조실장님. 동료와 국민 여러분
께 큰 논란을 일으킨 점 사과드립니다."

유서가 작성되고 있었다.

그러자 뒷좌석의 남자가 슬슬 번개탄을 피울 준비를 했
다.

그때였다.

똑똑.

어둠 속에서 누군가가 창문을 두드리며 노크했다.

"……?"

의지를 상실한 상태로 유서의 다음 말을 기다리고 있는
김영우는 휘청거리다가 머리를 핸들에 박았다.

빵! 하며 경적이 울렸다.

"젠장!"

조수석의 남자가 김영우의 머리를 확 낚아채 뒤로 넘겼
고, 뒷좌석에서 남자들이 일제히 내렸다.

"뭐야?"

남자들은 짙은 안개 속에서 차량 주변을 얼씬거리고 있
는 두 인영을 파악하기 위해 시력을 집중했다.

"뭐긴 뭐야. 네놈들이야말로 이 한적한 곳에서 뭐하고 있
는 거야?"

조수석의 남자도 차에서 내렸다.

"뭐하고 있어? 제거해."

남자의 입에서 명령이 떨어지자, 두 남자가 동시에 몸을 날렸다.

하지만 모가지를 향해 죽도가 쑥 들어왔다.

"커헉!"

죽도가 포물선을 그리며 휘어졌다가 다시 펴진 순간, 목을 찔린 남자가 뒤로 날아가 차량에 등을 부딪히고는 맥없이 쓰러졌다.

동료가 어이없게 당하는 것을 본 남자도 바로 그 순간 빠지직, 소리와 함께 테이저 건에 맞아 온몸을 바르르 떨어야만 했다.

"네놈들 뭐야?"

아무리 방심하고 있었다지만, 특수 훈련을 받은 자신들을 한 방에 보낼 수 있는 이자들은 누구란 말인가?

"서울지검 특수1부."

"……!"

남자가 당황한 끝에 총을 빼들었다.

짙은 안개로 인해 시야가 확보되지 않아 상대가 보이지 않는 데다가, 상대의 찌르기 솜씨는 그야말로 일품이었다. 고수는 고수를 알아보는 법이다. 지금 놈들은 자신들에게는 없는 고글을 착용하고 있는 것이 틀림없었다. 더군다나 테이저 건까지 지니고 있는 상대에게 함부로 덤빌 수가 없었다.

테이저 건은 카트리지 3개로 3연발이 가능한 제품이라는 것 또한 바로 알아챘다.

"쏠 거야? 자신 있으면 쏴봐."

유정이 어둠 속에서 얼굴을 들이밀며 앞으로 나오더니, 고글을 벗어 던지며 이마를 총구에 들이댔다.

"쏘라고."

총구가 이마에 닿는 순간, 남자의 손이 덜덜 떨렸다.

총 앞에서 이 말도 안 되는 배짱은 뭐란 말인가. 그것도 여자가.

"쏘지도 못하면서."

블랙요원은 머리가 새하얗게 변해 버리는 기분이었다.

그때 차문이 열리더니, 민식이 차 안에서 꺼내온 몰래카메라에 녹화된 동영상을 재생시켰다.

"부검에서 약물이 다 검출될 거야."

"아니. 국과수에 우리 사람이 있어. 받아 적어."

"누가 지시한 거야."

"받아 적기나 해."

"알아야겠다. 원장님? 아니면 기조실장님?"

"누구라고 할 것도 없어. 조직이 다 원하는 거야. 받아 적어."

"원장님, 전략실장님, 기조실장님. 동료와 국민 여러분께 큰 논란을 일으킨 점 사과드립니다."

민식이 동영상을 껐다.

"이거면 충분하겠네."

블랙요원은 새하얗게 변했던 머리가 정상으로 돌아온 순간, 총구를 자신의 관자놀이를 향해 올렸다. 자살을 택한 것이다.

탕!

소리와 함께 죽도가 권총을 쳐냈고, 총알이 머리 옆을 스쳤다.

민식이 죽도로 그 총을 쳐내버린 것이다.

그리고 다음.

퍼억.

유정이 발등으로 남자의 불알을 차 버렸다.

남자는 그대로 고꾸라지고 말았다.

"도대체 인수는 어떻게 안 거지? 그 많은 강원도 야산의 저수지 중에 하필 여기로 올 것을 말이야."

유정이 중얼거렸다.

"이 고글도요. 한 치 앞도 안 보이는 이 짙은 안개도 미리 예측하셨어요. 역시 스승님의 혜안은 신에 가깝습니다."

"뭐 신까지야."

"신급입니다."

"아, 시끄러. 저 양반이나 깨워. 가족들 품으로 돌려보내 줘야지. 애썼네."

"네, 누님."

민식이 김영우를 흔들어 깨웠고, 유정이 전화기를 들어 인수에게 보고한 뒤 뒷수습에 들어갔다.

철컥.

"당신들은 변호사를 선임할 수가 있고요."

블랙요원의 손에 수갑이 채워지고 있었다.

◇　◆　◇

국정감사에서 오진선 의원의 활약은 눈이 부실 정도로 뛰어났다.

증인으로 참석한 국정원장과 대법원장의 대화 장면이 자료 화면으로 전송되었다.

두 사람은 화들짝 놀랐다.

김영우가 납치당하는 장면이 차량에 설치된 카메라에 녹화되었고, 저수지에서의 싸움 장면도 촬영이 되었다. 차량 안에서의 대화 장면도 모두 공개되었다.

이 동영상이 폭로되자, 철저히 수사하라는 국민들의 여론은 더욱 더 거세져만 갔다.

광화문 광장과 시청은 촛불을 밝힌 시민들로 가득 찼다.

임기 말, 이규환 대통령의 탄핵부터 시작해 사법부까지 개혁하라는 목소리가 광화문을 비롯해 대한민국 전국에 울려 퍼졌다.

특검이 구성되었다.

검찰총장 박재영은 끝까지 정신을 차리지 못했다.

특검을 상대로 자신의 영향력을 내세우며 적당한 선에서 수사를 종결할 것을 지시한 것이었다.

하지만 특검의 칼은 정의로웠다. 상황이 그럴 수 있는 상황도 아니었다.

총장의 생각과 판단이 잘못된 것임을 특검은 칼로 직접 보여 주었다.

그 칼은 인간의 기본적인 가치를 무시한 자들을 상대로 무참히 베어 나가기 시작했다.

검찰총장도 더 이상 어쩔 수가 없었다.

국정원과 사법부를 향한 검찰의 칼은 인정사정없이 휘둘러졌다.

국정원장 양종학을 비롯한 4인은 죄수복 차림에 포승줄에 묶여 포토라인에 섰다.

"검찰수사에 성실히 임하겠습니다. 검찰에 모든 것을 밝히겠습니다."

그들은 기자들의 질문에 앵무새처럼 같은 말만 반복할 뿐이었다.

여전히 고개는 숙이지 않았다.

2012년 12월 18일.

김민국은 제18대 대통령에 당선되었다.

"민주주의의 최후의 보루는 깨어 있는 시민의 조직된 힘입니다. 저는 우리 국민의 역량을 믿습니다. 깨어 있는 시민의 단결된 힘이 바로 민주주의의 보루이자 우리의 미래입니다."

광화문 광장에서 인수는 세영의 손을 꼭 붙잡았다.

"우리 미래는 여기 있잖아."

인수의 손이 세영의 배를 쓰다듬었다.

세영은 건강했고, 민아는 엄마 배 속에서 무럭무럭 자라나고 있었다. 어느새 4개월이 되었다.

"인수 씨, 이따가 병원가면 출산용품 어떻게 준비해야 하냐고 한번 물어볼까요?"

"무슨 말이에요?"

"민아가 딸이 아닐 수도 있잖아요."

"에이, 설마요."

"단정 지을 수는 없지요."

"그런가? 살짝 물어볼까? 공주 옷을 준비해야 하나요? 왕자 옷을 준비해야 하나요?"

"난 이왕이면 아들 낳고 싶은데."

"무슨 소리. 민아가 얼마나 예쁜데. 먼저 민아를 낳고 둘째를 아들 낳으면……."

"헐, 누가 둘째 낳아준데?"

세영이 얼토당토않다는 표정으로 인수를 보았다.

"흠, 애국해야죠."

"싫어요."

"어허."

"전 하나만 낳아서 잘 키울 겁니다."

"민아 외로워 안 돼요."

"나 고생하는 건 괜찮고요?"

"그 말이 아니라."

"됐어요."

"뭐가 또 돼요?"

"땡이야."

"뭐가 또 땡이야?"

인수가 계속 따지고 들자, 세영이 또 돌변했다. 획 토라진 얼굴로 고개를 들더니 눈을 치켜떴다.

'힉.'

"묶을 거야, 안 묶을 거야?"

정관수술을 말하는 것이다.

"지금 말이 계속 짧다?"

"묶으실 건가요? 안 묶으실 건가요?"

"김선숙 여사 알면 난리 나요. 울 엄마 은근 고지식해서 아빠도 아직 수술 안 하고 엄마가 피임약 먹어요."

"그래서 못하겠다고요?"

"아니…… 생각해 본다고요."

"생각하고 말고가 어디 있어요? 요즘 누가 애를 둘씩이나 낳는데요? 참 나, 그러고 보니까 기가 막혀서."

예전에 인수가 빨리 결혼해서 세영이 허락만 하면 힘닿는 데까지 아이를 낳을 것이라고 당당하게 말했던 기억이 떠올랐다.

"응?"

"됐어요."

"뭐가 또 돼요?"

"땡이야."

"에이, 우리 마눌님께서 또 왜 이러실까요?"

"포도 먹고 싶다."

"먹어야죠. 근데 겨울에 포도가……."

"콜라 먹고 싶다."

"탄산 안 돼."

"아, 먹고 싶다고."

"또 시작했네."

"흥."

세영이 뒤돌아 저만큼 앞서가 버렸다.

"민아 엄마! 같이 가요!"

세영이 손을 뒤로 했다. 인수가 뒤따라와 그 손을 잡아주
자, 세영이 인수의 어깨에 머리를 기대왔다.

지독하게도 추운 날씨였다. 찬바람이 휭, 하고 불어왔지
만 인수는 오늘 참 따뜻하다고 생각했다.

하늘이 눈부시게 파랬다.

"근데 혹시 아들이면 어떡하지? 그럴 수도 있을 거란 생
각을 전혀 안 했었네."

"뭘 어떡해요?"

"당황스러울 거 같아서요."

"아들인 게요? 아니면 당장 민아를 못 만나서요?"

"음…… 둘 다요?"

"민아가 그렇게 보고 싶어요?"

"그럼요."

"못생겼던데. 쭈글쭈글."

세영은 오래 전에 화이트존을 통해 본 민아의 쭈글쭈글
한 얼굴이 떠올라 말했다.

"어허, 무슨 말씀을."

인수의 손이 또 세영의 배로 올라왔다.

"민아야. 조금만 더 참아? 곧 아빠랑 만나자? 알았지?"

"인수 씨."

세영이 나지막한 목소리로 인수를 불렀다.

"왜요?"

"어젯밤 꿈을 꾸었어요."

"무슨 꿈? 태몽?"

"그런 거 같아요."

"말해 봐요."

"맑은 시냇물에서 발을 담그고 두 손으로 물을 떠올렸는데요."

"그런데요?"

"오색찬란한 작은 물고기가 손안에 있지 뭐예요?"

"우와."

"너무 예뻤어요. 보석처럼 예뻤어요. 물도 엄청 맑았고요. 근데손 안에 고인 물이 쑥 빠지니까 걱정되어서 바로 시냇물에 풀어 주었거든요?"

"어. 근데요?"

인수는 세영의 꿈 이야기에 쏙 빠져들었다.

"이 물고기가 안 도망치고 계속 발 앞에 있는 거예요. 발 사이로도 헤엄치고요."

"그래서 다시 잡았어요?"

"아니요? 그냥 가만히 보았죠. 예쁘다. 그러면서요. 그러다 깼어요."

"빙고."

인수가 손가락을 튕겼다.

"딸이네. 백 프로 딸이야."

"나 아들 낳고 싶은데."

세영도 태몽이 딸을 암시한다고 생각하던 중이었다.

대놓고 아들 노래를 부르시는 시어머니를 생각하면 말 그대로 떡두꺼비 같은 아들을 안겨 드리고 싶었다.

"끝났어. 민아야. 아들 이름은 생각도 안 했어."

"혹시 딸처럼 예쁜 아들이 아닐까요?"

"아…… 그럴 수도."

인수의 표정에 세영이 풋 하고 웃고 말았다.

"가요. 추워요."

"그래요. 갑시다!"

인수가 힘차게 걷자, 세영이 팔짱을 끼어오며 어깨에 머리를 기대왔다. 인수는 너무나도 행복했다.

이날을 얼마나 기다려왔던가.

"콜라."

"……안 돼."

"아, 먹고 싶다고!"

하지만 또 투정을 부리는 세영이었다.

"끙."

인수는 세영의 어깨를 토닥여 줄 뿐이었다.

"콜라. 콜라. 콜라. 아! 콜라!"

"안 돼. 안 돼. 안 돼."

"됐어. 당신은 땡이야."

세영이 팔짱을 풀고는 저만큼 앞서가 버렸다.

인수의 표정이 멍해졌다. 그래, 내가 죽일 놈이었다.

트리니티 레볼루션
Trinity
Revolution

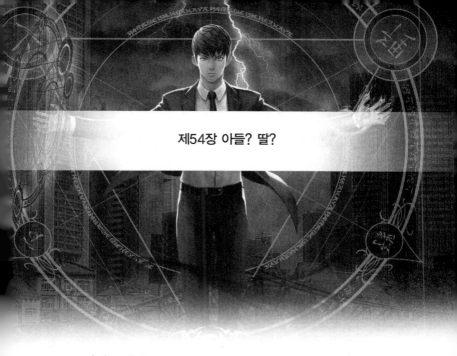

제54장 아들? 딸?

품안산부인과.

인수는 초음파 검사를 받고 있는 세영의 옆에서 모니터 화면을 뚫어져라 쳐다보았다.

아기가 눈동자를 움직이고 이마를 찡그리고 울상도 짓고 있는 것이 다시 보아도 참으로 신비로웠다.

그러다가 1분 30초가 지나갔을 때였다.

인수의 쫙 찢어진 두 눈이 동그래졌다. 어지간해서는 절대로 이렇게 동그래지는 일이 없는 인수의 두 눈이었다.

"……!"

인수는 틀림없이 보았다. 고추를…….

다리 사이에서 뿅 하고 솟아났다가 사라지는 그것을

놓치지 않고 두 눈으로 똑똑히 본 것이었다.

귀환 전에는 탯줄을 고추로 오해하기도 했었다.

하지만 지금 인수가 본 다리 사이의 그것은 탯줄이 아니었다. 틀림없는 고추였다!

인수는 두 눈만 깜박거릴 뿐, 말수가 급격하게 줄어들기 시작했다.

의사는 녹화된 동영상을 재생시켜 보여 주며 아이가 아주 건강하게 잘 자라고 있다고 말했다.

"심장도 튼튼하네요. 아가들 심장은 이렇게 헬리콥터 프로펠러 도는 것처럼 뛰어요. 그리고 또⋯⋯."

인수는 그 어떤 말도 들리지가 않았다.

1분 30초만 다시 노리고 있었다.

한데, 1분 30초에서 의사가 마우스로 정확하게 짚어 주고 지나갔다.

다리 사이로 뿅 솟아나 있는 고추!

그 틀림없는 고추를!

아주 찰나의 순간이었다. 의사도 당연히 이것이 고추라고 말을 하지는 않았다. 단지, 마우스로 짚어 주며 눈치를 준 것이었다.

세영은 알아채지 못했다. 하지만 인수는 의사의 사인을 곧 바로 눈치 챘다.

설마 했는데, 그 다리 사이로 솟아난 것이 진짜로 고추였던 것이었다.

"근데요, 선생님. 저 하나 여쭤볼 게 있는데요."

세영이 애교를 떨며 의사에게 물었다.

"네, 말씀하세요."

인수는 세영이 '출산 준비물로 장군님 옷을 준비할까요?
공주님 옷을 준비할까?' 같은 질문을 할 줄 알았다.

'세영아…… 아들이야…… 공주 옷은 필요 없어.'

차마 말을 할 수는 없었다.

"탄산음료 조금은 마셔도 되지 않을까요?"

'잉?'

인수는 두 눈만 깜박거렸고, 의사는 웃고 말았다.

"그게…… 참 참기 힘드시죠?"

"저 정말 힘들어요."

"다들 많이 힘들어하시더라고요."

"조금요. 진짜 딱 한 모금만."

세영의 표정을 보아하니, 의사가 조금은 괜찮다고 말하
면 당장 자판기에서 콜라를 뽑아 마실 기세였다.

"안 드시는 게 좋아요."

"힝."

인수는 세영의 실망한 표정은 안중에도 없었다. 당장 확
인해야만 했다.

인수가 고개를 돌려서 물어보려고 하는 그때였다. 세영이

또 질문했다.

"근데요, 선생님."

"네."

"장군님 옷을 준비해야 할까요? 공주님 옷을 준비해야 할까요?"

의사가 고개를 들어 웃는 얼굴로 인수를 올려다보았다. 꿀꺽. 인수가 침을 다 집어삼켰다.

의사의 입모양만 지켜보았다.

"그건 말씀드릴 수가 없습니다."

"으아!"

인수가 도저히 견딜 수가 없다는 듯 비명을 토해 냈다.

"왜 그래?"

세영이 화들짝 놀랐다. 의사도 깜짝 놀랐다.

"으아, 으아!"

"왜 그러세요?"

"아닙니다. 죄송합니다. 후!"

"많이 궁금하시겠지만, 조금만 기다리세요. 아들이든 딸이든 건강하게 잘 낳으셔서 예쁘고 행복하게 키우시는 게 중요한 거 아닐까요?"

"그럼요. 선생님 말씀이 맞습니다!"

"네, 그럼."

"네, 선생님 감사합니다."

진료실을 빠져나와 계산대 앞에 섰을 때 세영이 눈치를 주었다.

"아무리 궁금해도 그렇지. 깜짝 놀랐잖아요."

"미안."

인수는 두 눈을 감았다. 초음파 영상이 선명하게 펼쳐졌다. 1분 30초에서 또 다시 화면이 정지되고 있었다.

그리고 의사의 마우스가 정확하게 그것을 짚고 지나갔다. 다리 사이로 뿅 하고 솟아나 있는 고추를!

인수는 확신했다.

'아들이다!'

세영의 손을 꼭 붙잡고 병원을 빠져나올 때까지 인수는 정신을 차릴 수가 없었다.

"아들이야."

인수가 혼자 중얼거리듯 마음속의 말을 내뱉고 말았다. 계속 참고 있을 수도 없을뿐더러, 엘리베이터에서 빠져나와 지하주차장에 주차해 둔 차 앞에 도착하니 그냥 저절로 말이 튀어나왔다.

"피, 그걸 자기가 어떻게 알아?"

"세영아! 아들이야!"

"그걸 어떻게 확신 하냐고요. 샘도 말을 안 해 주는데요."

"아들이라고!"

"아, 진짜!"

"아들이야! 아들!"

세영은 차에 올라타지도 않고 아들이라고 계속 소리치며 말하는 인수의 놀란 표정이 뭘 말하는 건지 알 수가 없었다.

도대체 뭔 근거로 아들이라고 박박 우기고 있는 건지도 이해하기가 힘들었다.

그것은 민아를 애타게 기다리고 있었던 인수 역시 자신의 마음상태가 어떤 상태인지 판단이 되지 않은 정도로 헷갈리는 상황이었다.

"뭐해요? 안 타고?"

인수가 정신을 차리고는 차에 올라타 시동을 걸었다.

"일단 집에 가자."

집에 가자고 말한 인수가 지하주차장을 빠져나와 운전하는 방향은 시댁이었다.

"우리 집 아니었어요?"

"잠깐 엄마한테 들러야겠어요."

"어머니요?"

"네. 동영상을 같이 봐야 할 거 같아서요."

"네, 뭐……."

이왕이면 시어머니보다는 친정엄마가 보고 싶은 세영이었지만, 그냥 말하지 않았다.

◇ ◆ ◇

노트북을 켜고는 세 사람이 옹기종기 모여 화면을 뚫어 져라 쳐다보았다.

세영은 저녁을 준비했고, 박지훈과 김선숙 그리고 인수 가 영상을 보며 분석에 들어가고 있었다.

"어머니? 김치 찜 할까요? 고기 남은 거 있어요?"

"찜? 저번에 목살 남은 거 냉동실에 있긴 할 건데."

"그러면 그걸로 찜 할게요."

"아냐. 저 양반 별로 안 좋아해. 고등어 해동해 둔 거 있 어."

"네… 어머니."

세영이 다시 주방으로 가는 그때 박지훈이 소리쳤다.

"스톱!"

박지훈도 1분 30초에서 느낌이 왔다.

"아들이네."

"맞죠?"

"맞아. 아들이야."

"오메, 머슬 안다고."

김선숙이 콧방귀를 뀌었다.

"이 사람이. 여기 안 보여? 의사도 딱 짚었네. 이 마우스 화살표가 말하고 있잖아. '아들입니다.' 라고."

"아따 그냥 지나가다가 잠깐 선 것이제, 그것이 딱 고추라고 가리키는 것은 아니 것제라."

"아니야. 나도 첨에 애들 낳을 때는 잘 몰랐는데, 이제 자꾸 보니까 보이네. 아들이야. 아가, 아들이다! 축하한다!"

"아버님! 아직 확실히 몰라요."

세영이 주방에서 쌀을 씻으며 대답했다.

"고추 맞아. 확실해."

"정말요?"

세영이 주방에서 일을 하다 말고는 노트북 앞으로 다가왔다.

"참말로요?"

김선숙이 동영상을 되돌려 반복 재생했다. 그러다가 1분 30초에서 정지.

"아따 참말로 자꾸 그란께 그란 거 같기도 하네잉. 저 화살표가 시방 확실하게 고추를 딱 가리켜 불었구마잉."

"아들은 정말 생각도 못 했는데."

인수는 소파에 몸을 눕히며 생각에 잠겼다.

"시방 먼 생각하냐?"

"아들 이름."

"아따 귀한 아들인께 작명소가서 지어. 이름 함부로 짓고 그러는 거 아녀."

"내가 지을 거야. 아자만 빼지 뭐."

"……?"

"……?"

박지훈과 김선숙이 알아듣지를 못해 두 눈을 깜박거렸다. 하지만 세영은 곧바로 알아들었다.

"아자를 빼면 민? 외자요?"

"박민."

"백성 민?"

박지훈이 물었다.

"네."

"이름 좋네. 항렬도 문제없고."

김선숙이 두 남자가 앉아서 손자 이름을 짓고 있는 모습에 두 눈만 깜박거리다가 흥분하기 시작했다.

"오메…… 뭔 이름을 그라고 성의 없이 대충 후딱 지어 분다냐?"

"엄마. 대충 아니거든요?"

"므시 대충이 아니여. 대충이구만. 아가, 너는 어찌케 생각하냐? 시방 이름을 이라고 지스믄 쓰겄냐 안 쓰겄냐?"

"박민…… 민…… 전 잘 모르겠어요."

"시방 느그 아들 이름을 니가 몰르믄 누가 알어야?"

"뭐 저야……."

"좋아. 이름 좋다. 민, 박민. 결정했어."

"민. 음, 듣기도 좋고 부르기도 좋네. 이름은 불렀을 때

입에 딱 달라붙으면 좋은 거랬어.”

“오메…….”

김선숙이 탐탁치 않아 하는 표정으로 두 남자를 향해 눈을 흘겼다.

그때 세영이 1분 30초에 머물러 있는 동영상을 다시 살펴보았다.

그 말이 맞았다.

자꾸 보니까 진짜 보였다.

“…….”

세영이 두 눈만 깜박거렸다.

다리 사이에 정말 무엇인가가 뿅 하고 솟아 있었고, 그것을 의사의 마우스가 정확하게 짚어 주며 지나가고 있었다. 아주 찰나의 순간이어서 집중하지 않으면 그냥 혹 지나갔다.

“맞아.”

인수가 뒤에서 어깨를 토닥여주며 말했다.

“진짜… 요?”

“물론 아직 백퍼센트 확신할 수는 없지만, 아들일 확률이 몹시 커.”

인수가 아직은 실감하지 못하고 있는 세영을 보며 웃었다. 아들 원했었잖아? 이런 뜻이었다.

한데, 세영의 표정이 또 의미심장했다.

"······!"

인수는 깜짝 놀랐다.

세영의 표정은 틀림없이 말하고 있었다.

겉으로는 말만 아들을 원했지만, 사실 세영도 민아를 만나고 싶었던 것이었다.

◇ ◆ ◇

집으로 돌아가는 길.

인수는 운전 도중 고개를 힐끗힐끗 돌려 세영을 보았다.

세영은 배를 만지며 아이와 교감을 나누고 있었다.

인수는 세영의 목소리가 들리는 것만 같았다.

'아가야. 너 정말 아들이야? 엄마는 아직도 믿어지지가 않아.'

뱃속에 아기가 커가는 느낌은 어떤 느낌일까? 설렘보다는 앞으로의 두려움과 걱정이 더 클 것이다.

귀환 전, 당시의 세영은 얼마나 힘들었을까?

지금은 경제적인 부분에서 만큼은 아무 걱정 없는 사람이라지만, 앞으로의 만남은 여전히 설렘과 걱정 그리고 두려움이 함께할 수밖에 없었다.

"집에 좀 들렀다 갈까요?"

친정에 좀 들렀다가 가자면 세영이 좋아할 줄 알았다.

"아니요."

"왜요?"

"그냥 집에 가서 쉬고 싶어요."

"아버님 어머님 좋아하실 텐데요. 아들 소식도 전해 드리고요."

"아직 확실하지도 않은데요."

확실해요. 인수는 말을 하려다가 말았다.

"왜 기분이 안 좋아요?"

"모르겠네요. 그냥 피곤해요."

"그러면 집으로 갑시다."

세영이 대답하지 않았다. 인수는 사거리가 가까워지자 속력을 줄였다.

세영의 마음이 바뀔 것만 같았기 때문이었다. 역시나 세영이 전화를 걸었다.

"응. 엄마. 아빠는? 아, 시댁에 들렀다가 집에 들어가는 길인데…… 잠깐 들러? 그럴까? 음…… 물어보고."

세영이 인수를 향해 물었다. 인수는 이미 좌회전 신호를 받고 있는 중이었다.

"인수 씨. 집에 좀 들렀다 갈까요?"

"그럽시다. 내가 그러자니깐."

"그래요. 엄마, 지금 갈게. 아냐. 밥 먹었어. 응."

세영이 전화를 끊었다.

인수는 장인어른은 뭐하시고 계신데? 라고 물어보려다가 꾹 참았다.

그랬다가는 또 술? 하며 잔소리를 듣게 될 것 같았기 때문이었다.

한데, 세영이 다시 엄마에게 전화를 걸었다.

"엄마. 나 김치 찜 먹고 싶어."

헉.

인수는 아차 싶었다. 아까 집에서 김치 찜 할까요? 하고 물어봤던 게 세영이 먹고 싶었기 때문이었다. 초음파 동영상을 확인하느라 정신이 팔려 미처 배려하지 못했다.

"응. 삼겹살로 짜글짜글. 집에 고기 있어? 한번 보고 전화 줘. 있어? 알았어. 이따 봐요."

세영이 전화를 끊고는 인수를 보며 물었다.

"김치 찜에 소주 괜찮아요?"

"응?"

"들어가면서 술만 사가요. 뭐 또 이것저것 사지 말고요."

"네."

인수는 말을 잘 들어야만 했다.

세영은 친정에서 얼굴이 활짝 폈다.

시댁에서와는 완전히 다른 모습이었다.

265

초음파 동영상을 보여 주면서 직접 부모님께 설명까지 해 주었다.

"엄마. 나 정말 딸인 줄 알았는데 이거 분명 아들이야. 이게 고추래. 봐 봐요."

역시나 동영상은 이 집에서도 1분 30초에 머물러 있었다.

단지 바뀐 것이 있다면, 세영의 들뜬 목소리와 환한 얼굴 그리고 밝은 웃음소리였다.

"이름도 지었어. 박민. 엄마, 괜찮지?"

"외자야?"

"응. 좋은 거 같아."

"자네가 직접 지었나?"

"네, 아버님. 제가 지었습니다."

"좋네. 민. 큰 사람이 될 거 같아."

"근데, 엄마. 나 심장소리도 이랬어? 너무 빨라. 진짜 헬리콥터 프로펠러 돌아가는 소리 같아. 신기하지?"

인수는 쉴 새 없이 수다를 떠는 세영의 환한 얼굴을 계속 지켜보았다.

이거 이대로 시간이 지나면, 시댁은 점점 멀어지고 친정은 반대로 가까워질 것이 틀림없었다.

그래도 어쩌겠는가.

저 사람이 저렇게 행복하고 좋다면……

인수가 이런 생각에 잠겨 있는 그때, TV에서 속보가 흘러나왔다.

청와대 대변인이 김민국의 대선공약이었던 검찰 개혁 방안을 공식 발표했다.

선전 포고와 동시에 검찰과의 전쟁에 시동을 걸었음을 알리고 있는 것이었다.

"대통령이 저렇게 할 일이 없나? 취임하자마자 왜 검찰을 못 잡아먹어서 안달이야. 그나저나 과연 누가 이길까? 어, 근데 자네 괜찮겠어? 들어가 봐야 되는 거 아냐?"

김영국이 뉴스를 보다가 인수에게 물었다.

"저야 뭐…… 지금 간부급들은 비상이겠네요."

그때 윤철의 전화가 걸려왔다.

시간을 보니 어느새 밤 10시를 지나가고 있었다.

[인수야, 뉴스 보고 있어?]

"응."

[방금 총장님께서 검찰 간부들을 비상소집 시켰다고 뉴스마다 난리네.]

"고민이 많을 거야."

[기자 간담회까지 동시에 진행하려나 봐.]

"그래? 우리 총장님께서 어울리지 않게 정공법을 다 펼치시네. 하긴 털어서 먼지 안 나오는 사람은 없으니까."

[김민국이 과연 털릴까? 난 다른 사람은 다 못 믿어도

김민국은 깨끗하다고 믿는데.]

"털려."

인수는 그 주변인들 때문이라고 말하려다가 그냥 참았다.

[아…… 그렇다면 진짜 슬프다. 김민국은 그래도 박재영 총장만큼은 자기편이라고 생각하고 있어서 더 슬프다.]

"믿는 도끼에 발등 찍히는 건 아냐. 어쩔 수가 없는 거지."

[어 네가 말했던 청와대와 검찰의 전면전이 이렇게 시작되는 거야?]

"응. 이제 어떻게든 대통령을 끌어내리려 하겠지."

[큰일이네.]

"왜?"

[공식 기자 간담회 끝나고 나누는 검찰 간부들 비밀 대화를 잡아야 하는데…… 어떡하지? 준비된 게 하나도 없는데? 너도 좌천되는 거 아냐?]

"그럴 일은 없어. 그리고 그들이 나누는 얘기는 뻔해. 굳이 작업 들어갈 필요 없어."

[어……]

윤철은 그걸 어떻게 장담 하냐고 묻고 싶었지만 참았다.

2013년 2월 28일.

검찰 간부 기자 간담회에서 논의된 핵심 내용은 역시나 대통령의 대선 공약이었던 검찰 개혁에 관한 검찰의 입장이었다.

여기에서 검찰총장 박재영이 자신에게 어울리지 않는 정공법이라는 카드를 들고 나왔다.

"모든 것은 국민 여러분의 뜻입니다. 검찰 개혁이 필요하다면 적극적으로 협조하겠습니다. 하지만 그 전에 국민 여러분의 뜻에 따라 대선 불법 자금의 철저한 수사 또한 이루어져야 할 것입니다. 본 검찰은 각 대선 후보 캠프의 불법 자금의 정확한 규모를 파악해 국민 여러분들에게 알리기 위해 최선의 노력을 다할 것입니다."

기자 간담회에서 박재영은 대선 불법 자금의 철저한 수사라는 카드를 내밀었다.

기자 간담회가 끝나고 박재영을 중심으로 검찰 간부들만 자리에 남았다.

검찰 간부들이 자유발언을 통해 불만을 한가득 토해 내고 있었다.

"도대체 누가 누구를 개혁한단 말입니까?"

"뭐 저런 게 대통령이라고!"

"총장님! 지금 말이 좋아 검찰 개혁이지, 청와대에서는 일명 박재영 라인 날리기를 준비하고 있다는 말 들으셨습니까?"

"어쨌든 중요한 건 청와대의 의지가 확고하다는 것입니다."

"한번 누가 죽나 보죠?"

"아주 탈탈 털려 봐야 정신 차리려나 봅니다."

연신 불만들이 쏟아지는 가운데, 고민에 잠겨 있던 박재영이 헛기침을 한 뒤 모두를 둘러보며 한마디 했다.

"흠흠. 이번 공판…… 공판 팀 준비부터가 중요합니다."

검찰 간부들이 박재영의 말에 동의한 듯 모두 고개를 끄덕였다.

국민의 뜻이라며 말은 그럴싸하게 했지만, 지금 박재영을 비롯한 검찰 간부들은 국민의 뜻을 거스르는 계획을 세우고 있는 것이었다.

대선 불법 자금 수사라는 강력한 카드를 꺼냈으니, 김민국 때려잡기 문건과 사법부 판사 블랙리스트 사건의 공판에서 국정원장과 대법원장을 비롯한 자신의 편들과 세력을 다시 회생시켜야 했다.

보란 듯이 그들을 회생시킨 다음, 합동공세를 펼쳐 기필코 김민국을 대통령직에서 끌어내려 청와대에서 내쫓고 말 것이다.

무표정한 박재영의 다짐이었다.

하지만 어디든 배신자가 있기 마련.

현 정권에 잘 보이려고 하는 한 차장검사에 의해 검찰 간부들의 비밀 대화는 고스란히 청와대로 전해졌다.

◇　◆　◇

인수는 검찰 정기 조직 개편을 통해 특수1부 범죄정보과에서 수사1과로 인사발령이 났다.

박재영이 인수를 좌천시켜 대선 불법 자금 수사팀과 공판 팀 그 어디에도 합류시키지 않으려고 광주지청으로 발령을 지시했는데, 신임 민정수석과 신임 법무장관이 호출을 해 왔다.

박인수 검사를 수사1과로 보내 공판 팀에 합류시키라는 것이었다.

"대통령의 뜻입니다."

"대통령이면 검찰 인사를 좌지우지해도 되는 거요?"

"이 사건의 핵심증인인 김영우 증인을 보호하는 데 큰 공을 세웠고 또 보호 중이니 공판 팀에 합류하는 게 맞는 거 아닙니까? 지방으로 보낸다니, 무슨 문제라도 있으신지요?"

"아 그거야 검찰 인사위원회에서 결정할 문제지, 왜 청와대에서 나서는 거요?"

박재영이 따지고 들었다.

"그래요? 그러면 반대로 검찰총장은 평검사를 상대로 인사에 개입해 불이익을 주는 실력 행사를 해도 된답니까? 그럴 거면 인사위원회가 왜 필요합니까?"

"박 검 이제 2학년입니다. 인사위원회에서 거기에 맞는 인사를 결정할 것인데 다들 뭐하자는 겁니까?"

"대통령께선 박 총장을 신임하고 계십니다. 잘 알고 있잖습니까?"

"믿어서 내 새끼들을 상대로 난도질을 하고 경찰들한테 힘을 다 옮겨주려는 거요?"

박재영이 두 사람을 향해 눈을 부라렸다.

"말씀이 지나치십니다."

"아, 됐고. 난 그렇게 못할 테니까 그렇게 아쇼."

"총장님. 우리가 서로 적이 되어서 좋을 게 뭐가 있습니까? 나라 발전을 위해 싸울 땐 싸우더라도 협조할 부분은 협조해야 맞는 거 아닙니까?"

"내 팔다리를 다 잘라서 허수아비로 만든다는데 무슨 협조?"

박재영의 말이 계속 짧아지자, 민정수석도 더 이상 참지 못하겠다는 듯 이빨을 드러냈다.

"총장직 물러나실 겁니까? 그 자리 노리고 있는 대통령 최측근들 지금 줄을 서고 있습니다. 대통령께서 왜 총장님을 그대로……."

"야!"

박재영이 열이 받아 소리를 지르며 말을 끊었다.

"너 지금 나 협박하는 거야? 검찰 족보에 잉크도 안 마른 것들이 라인타고 자리 꿰차니까 뵈는 게 없어?"

"총장님. 대통령께서도 대선 불법 자금 수사를 겸허히 받아들이기로 했습니다."

그럴 수밖에.

그렇지 않았으면 지금 이놈들처럼 총장 자리도 바뀌었을 것이다.

"검찰 개혁 카드에 대선 불법 자금 수사라는 맞불카드를 들고 나올 줄 몰랐던 거겠지."

박재영의 두 눈이 빛나며 입가에 비웃음이 번졌다. 그 웃음 뒤에는 자신 있어? 라는 말이 뒤따라오고 있었다.

"협조 바랍니다."

"생각해 보도록 하지."

양보할 부분은 양보할 필요가 있었다. 박재영은 자리로 돌아와 고민 끝에 인수를 공판 팀에 넣기로 했다.

"자네가 원했던 대로 어려운 결정을 했네. 부장검사의 손과 발이 되도록. 알겠나?"

말은 이렇게 해도 박재영의 속내는 인수가 혹시라도 법정 공판에서 설치지 못하도록 발목을 묶을 생각이었다.

"알겠습니다. 최선을 다하겠습니다."

273

어차피 법정 공판이야 부장검사급에서 직접 나설 것이고, 인수는 부장검사의 명령에 따라 심부름이나 열심히 해야 할 것이었다.

인수가 아무리 김영우 증인과 함께 결정적인 증거자료를 쥐고 있다고 해도 방법은 있기 마련이었다.

공소장일본주의를 악용해 결정적인 증거 자료를 재판관에게 제출하지 않으면 상황에 따라 박재영이 원하는 방향으로 공판을 이끌어 갈 수 있는 것이었다.

박재영은 여전히 김민국을 대통령으로 인정하지 않았고, 여론에 의해 칼을 휘둘러왔지만 검찰 개혁이라는 폭탄 앞에서 상황을 지켜볼 작정이었다.

그동안 자신의 의지가 아닌 어떠한 거대한 힘에 이끌려 어쩔 수 없이 칼을 휘둘러왔다는 찜찜한 느낌 또한 지울 수가 없었다.

김민국은 대통령 취임과 동시에 공약으로 내걸었던 검찰 개혁을 실시했다.

하지만 귀환 전 인수의 기억에 의하면 검찰 개혁은 실패로 돌아갔다.

여야의 거센 반대도 한몫했지만, 검찰이 대대적으로 나선 수사에서 새정의당의 김건창 후보 캠프는 823억, 자유평화당의 김민국 후보 캠프는 113억의 대선 불법 자금이

포착된 것이 결정적이었다.

김민국은 자신의 불법 자금이 당시 기호 1번이었던 새정의당 김건창 후보의 대선 불법 자금의 10분의 1보다 많을 시 정계에서 은퇴하겠다고 선언했다.

여기에 대통령직마저 걸었다.

대통령에 당선된 승자의 대선 자금은 덮어두고, 패한 측은 불법 자금을 다 까발려 처절한 복수를 하는 것이 지금껏 검찰들이 저질러 온 관행이었다.

검찰은 그 누구의 편도 아닌 오직 검찰의 편이라는 검사 동일체가 검사들을 움직이는 힘의 실체였다.

이른바 대한민국이 검찰공화국으로 통하는 적폐였으며, 그래서 검찰은 정권의 시녀로 통했다.

그리고 그것이 아직까지도 박재영이 정신을 차리지 못하고 있는 부분이었다.

하지만 김민국은 자신의 대선 자금 수사도 겸허하게 받아들였다. 검찰이 권력에 의해 이용당하는 역사를 끝내기 위해서였지만, 이것이 결국 발목을 잡은 것이었다.

더군다나 박재영이 두 눈을 시퍼렇게 뜨고 어떻게든 김민국의 약점을 잡으려 하니 드러날 수밖에 없는 진실이었다.

물론 인수에게는 양쪽 다 추악한 사건들이었다. 김민국 대통령을 위해 113억을 덮어 주고 싶은 마음은 추호도 없었다.

역사의 진실을 바꿔서는 안 되는 것이었다.

하지만 이제 앞으로 시작될 이규환 전 대통령의 악행을 수사하고 만천하에 드러내기 위해서는 대통령의 검찰 개혁 만큼은 반드시 성공해야만 했다.

검경 수사권 조정.

여기의 핵심은 수사를 종결할 수 있는 검찰의 공소 제기 권한을 경찰에게도 넘기는 것이었다.

검찰이 권력에 의해 수사를 덮어 버리거나, 자신들이 유리한 사건만 공판으로 넘기는 짓을 더 이상 하지 못하도록 검경 수사권의 조정은 반드시 필요했다.

기자들의 이슈는 이미 불법대선 자금으로 초점이 맞추어졌고, 김민국 때려잡기 문건과 대법원장 블랙리스트 관련 공판은 박재영이 의도한 방향처럼 사람들의 뇌리에서 서서히 잊혀갔다.

인수는 곧장 준비에 들어갔다. 유정에게 전화를 걸었다.

"차이나타운. 홍식이라는 놈을 잡아와."

[이놈이 누군데?]

"필로폰 공급자."

[오케이!]

트리니티 레볼루션
Trinity
Revolution

제55장 공판중심주의의 함정

양종학의 변호를 맡은 법무법인 자모 변호인단은 동영상의 맹점을 파고들어갔다.

국정감사에서 오진선 의원에 의해 공개된 김영우 협박살해미수 동영상부터 시작해 그동안 고위공직자들이 붙잡혀 들어갈 수밖에 없도록 결정적인 여론을 조성했던 것이 특정 동영상들이었다.

그 동영상들을 살펴보면 공통된 특징이 있었다. 누군가에 의해 치밀하게 계산되지 않고서는 담아낼 수가 없다는 것이었다.

자모 변호인단은 이 부분을 파헤쳐 들어갔다. 그들은 그동안 이범호 후보를 비롯해 삼건과 그 일당들 그리고 이완영

대표를 비롯한 고위공직자들의 공판 과정을 집중 분석한 뒤, 법정 공판에서 결정적인 효력을 발휘했던 증거를 무력화시킬 수 있는 신의 한 수를 들고 나왔다.

"존경하는 재판장님. 녹취와 영상은 결정적인 증거로 채택될 수가 없습니다. 과학기술이 발달한 요즘 시대에는 고등학생이라도 컴퓨터만 만질 줄 알면 동영상을 얼마든지 만들어 조작하는 것이 가능하기 때문입니다. 재판장님, 여기 증인으로 참석해 준 고등학생이 우리가 특별히 제작한 영상을 혼자서 직접 편집했는데요, 그 내용이 보는 이에 따라 어떻게 달라지는지를 보여 드리겠습니다."

증인으로 참석한 고등학생이 증인선서에 이어 준비된 자리에 앉았다.

"증인. 증인은 대한민국 일반고의 평범한 고등학생인가요?"

"네. 뭐…… 네. 평범합니다. 특별하다고 할 게 없습니다."

"학업성적은 어느 정도인가요?"

"중간 정도를 유지하고 있습니다."

"반 성적인가요? 아니면 전체 성적인가요?"

"반에서는 중간이고, 전체성적은 중간에서 조금 밀려나 있는 정도입니다."

"알겠습니다. 한 가지만 더 묻겠습니다. 증인의 친구들도 본 변호인이 부탁했던 작업을 할 수 있을까요?"

"못 하면 바보죠. 그게 뭐라고요."

이미 입을 맞춘 것처럼 대화가 오갔다.

"네. 그럼, 지금부터 영상에 주목해 주시기 바랍니다."

빔 프로젝트가 불을 밝혔다. 준비된 스크린에 영상이 펼쳐졌다.

짙은 안개가 자욱한 저수지에 차량이 들어섰고, 그 주변을 사람들이 왕래했다.

국정감사에서 오진선 의원이 공개한 동영상과 거의 똑같았다.

하지만 누가 누군지 분간이 어려웠다.

또 다른 것이 있다면 차량 외부에서 문을 열고 차량 안으로 3명의 남자가 들어왔다.

대화가 시작되었는데 친구들이 나누는 것처럼 자연스러운 대화가 오고갔다.

"뭐 보이지도 않는데 무슨 낚시야?"

"낚시는 무슨. 그냥 답답해서 나온 거지."

누가 보아도 사람을 협박해 연탄 자살로 위장시키는 과정은 아니었다.

자모 변호인단은 수감되어 있는 국정원 블랙요원들을 상대로 면회를 실시하는 과정에서 오진선 의원이 일부 공개하지 않을 영상까지도 파악해 대처에 들어갔다. 인수의 팀이 녹화한 저수지의 영상과 같은 환경에서 만들어진 영상을 편집하고 짜깁기를 시도해 법정에서 그 영상을 재생시킨 것이다. 그 편집과 짜깁기 작업을 지금 증인으로 참석한 고등학생이 직접 한 것이었다.

그 영상만 보면 협박을 통한 연탄 자살 위장이라는 끔찍한 말은 입에 담을 수조차 없었다. 만약 그런 무서운 일이 일어났다면, 누가 피의자이고 누가 피해자인지 식별하는 것조차도 불가능했다. 목소리를 조작하는 과정에 따라 남자의 목소리가 여자의 목소리로 둔갑했다.

실내가 웅성거렸다. 뒤에서 재판을 지켜보는 사람들은 대부분 국정감사장에서 공개된 동영상에 분노하고 있었기 때문이었다. 하지만 일반고 고등학생도 바꾸려고만 들면 저렇게 쉽고 간단하게 내용이 뒤바뀐다니.

더 웃기는 것은 검찰 측이 이의조차 없다는 것이었다.

재판을 지켜보고 있던 윤철이 주먹을 꽉 쥐는 순간이었다.

'이쯤 되면 이의 있습니다! 하면서 일어서야 하는 거 아니야?'

윤철은 똥줄이 타들어가 인수의 표정을 보았다. 지금 인수는 도대체 무슨 계획을 세우고 있는 것일까?

설마 힘들게 붙잡은 놈들이 그냥 이대로 풀려날까?

풀려나면 또 잡아들이기 위해 다른 작업을 펼쳐야 하는

것일까?

저런 악당들을 감방에 보내는 일이 왜 이렇게 복잡하고 힘들단 말인가.

윤철이 이런 생각으로 분노하고 있는 그때 인수가 시선을 옆으로 돌려 윤철과 눈이 마주쳤다.

'네 맘 다 안다.'

인수가 입가의 얇은 미소와 함께 말해 주고 있었다.

귀환 전, 국정원장 양종학만 보아도 1심에서 검사 구형량이 징역 2년 6개월, 집행유예 4년, 자격정지 3년이었는데, 3심까지 가자 대법원 전원합의체 파기환송으로 끝이 났다.

그렇게 파기환송까지의 과정을 온 국민이 지켜보았었다. 어이가 없는 일이었다.

김영우가 모든 책임을 떠안고 자살한 것으로 위장되었기 때문이었다.

하지만 이제 인수가 공판 팀에 있고 김영우가 살아 있는 한, 그런 말도 안 되는 일은 벌어질 리가 없었다.

또 윤철이 이에 분노해 국정원을 상대로 직접적인 해킹을 시도하는 위험한 일 또한 이제는 일어나지 않을 것이었다.

◇ ◆ ◇

시간이 흐르고, 9차 공판이 끝났다.

재판관들과 변호인단 그리고 공판검사 팀이 만나서 일종
의 합의를 이루기 위한 회의를 진행했다.

"동영상이 결정적인 증거로 받아들여지지 않았다지만,
김영우의 증언과 이를 뒷받침해 주는 증거들이 너무 정확
하고 강력해서 양종학 이 양반 이대로 대법원까지 가면 살
인사주에 최소 징역 20년이야."

재판장의 말에 부장검사는 자신의 귀를 의심했다.

그는 박재영의 특명을 받고 공판을 진행해 온 상태였기
에 재판장의 말이 아찔할 정도였다.

자모 변호인단의 입장도 마찬가지로 어이가 없을 정도였
다.

그들이 서로 법적공판을 벌여왔던 과정을 돌이켜보면 대
법원에서 전원합의체를 통해 하급심의 판결에 오류가 있으
니 다시 판결하라는 이른바 파기환송 절차를 이끌어 낼 수
가 있다고 판단했었다.

여기에는 결정적인 요인이 있었다. 이른바 대한민국 공
판중심주의의 함정으로 공소장일본주의를 악용했기 때문
이었다.

그동안 부장검사는 동영상을 뒷받침해 줄 결정적인 증거

들을 하나도 제출하지 않았다.

그러니 3심에 이르러 대법원에서 내리는 판결은 어찌 보면 당연한 결과였다. 2심까지의 검사 구형과는 달리 증거가 터무니없이 부족하니 다시 판결하라는 결정을 내릴 수밖에 없는 것이다.

하지만 10차 공판에서 이미 상황은 돌이킬 수가 없을 정도로 역전되었다.

자모 변호인단은 갑자기 돌변한 부장검사의 태도와 증인 심리에 기가 막힐 따름이었다.

우리 그동안 같은 편 아니었나? 이런 표정으로 부장검사를 바라보고 있을 수밖에 없었다.

인수가 마법을 사용한 것이 아니라 부장검사도 어쩔 수가 없기 때문이었다.

"검사 측 심리 안 합니까?"

재판장이 답답해서 물었다.

홍식이라는 필로폰 공급업자가 들어와 증인으로 채택되었기 때문이었다.

"재판장님, 잠시만 기다려 주십시오."

부장검사는 뒤돌아 같은 공판 팀에게 눈을 부라리며 물었다. 특히 인수를 노려보았다.

"이거 어떻게 된 거야? 저놈을 누가 잡아온 거야?"

"자수했답니다."

인수가 대답했다.

"자수? 그렇게 행방을 찾았을 때는 꽁꽁 숨어 있다가 이제 와서 자수?"

"네, 심경의 변화가 있었나 봅니다. 부장님? 어서 진행하셔야 할 거 같습니다."

인수가 재판장의 표정을 보며 부장검사에게 눈치를 주었다.

그때였다.

법정 문이 열리며 진행요원이 들어와 국과수 자료라며 재판장에게 건네주었다.

김영우의 몸에 주입된 약물의 정체가 필로폰이라는 국과수의 기록이었다.

"검사 측 진행하세요."

"알겠습니다. 증인?"

"네."

"증인은 도대체 지금 이 자리에 왜 서 있는 것입니까?"

"저요? 아…… 있는 사실을 그대로 말해야 될 거 같아서……."

"사실이요?"

"네. 사실입니다."

"무슨 사실입니까?"

"그게 제가요. 국정원 블랙요원들에게 필로폰을 직접

넘겨주었거든요. 그때는 몰랐는데요, 자수하고 나니까 그때 그 양반들이 국정원 블랙요원이었더라고요."

사람들이 웅성거리기 시작했다. 엄청난 발언이기 때문이었다. 부장검사가 당황했다. 실로 어처구니가 없었다.

"알겠습니다. 필로폰을 넘기셨다고 했습니다. 자, 그럼 여기에 그 사람들이 있습니까? 지목해 주시길 바랍니다."

홍식이 손가락으로 죄수복 차림의 블랙요원들을 하나씩 가리켰다.

"그렇다면 국정원 요원들에게 묻겠습니다. 지금 증인의 주장이 맞습니까?"

공판검사가 어쩔 수 없다는 듯 묻자, 변호인이 책상을 팡! 치며 벌떡 일어섰다.

"이의 있습니다!"

"기각합니다. 대답하세요."

"맞습니다. 저자에게 필로폰을 받아 김영우에게 주입했습니다."

실내가 웅성거렸다.

공판을 진행하고 있는 부장검사의 얼굴이 하얗게 변했다. 죄수복 차림의 기조실장과 국익전략실장에 이어 국정원장 양종학의 얼굴도 새파래졌다.

연이은 폭로에 폭로가 계속 이어졌기 때문이었다.

블랙요원들은 기조실장과 국익전략실장의 지시에 따랐을

뿐이라고 자백했다.

기조실장과 국익전략실장은 또 원장의 지시에 어쩔 수가 없었다고 자백하며 선처를 구했다.

그 어떤 공판 현장에서도 피의자들이 스스로의 죄를 인정하는 경우는 없었다. 특히 고위공직자들의 공판현장에서 자신의 입으로 자신의 죄를 인정하는 일은 상상조차 할 수가 없었다.

하지만 지금 이들은 직접 죄를 인정했고, 선처를 구했다.

그동안의 공판 과정을 지켜보았던 인수는 나서지 않을 수가 없었던 것이다.

신성한 법정에서 검찰 측이 공소장일본주의를 악용해 증거를 제출하지 않으면 방법이 없었다.

이런 경우 미국은 법적으로 검사들이 처벌을 받지만, 아직 대한민국은 검사들을 제재할 수 있는 방법은 없었다.

이것이 바로 필요에 따라 재벌을 살리기도 하고, 죽일 수도 있는 대한민국 검찰의 힘이었다.

깃털들이 그나마 형량을 줄여 살아남을 수 있는 방법은 시켜서 한 짓이라며 그 책임을 떠넘기는 것밖에는 없었다.

피의자들이 자백을 통해 스스로의 죄를 인정하니, 그동안 제출되지 않았던 증거들을 재판장이 원했다.

부장검사는 더 이상 막을 수가 없었다. 자모 변호인단도 두 손 두 발 다 들 수밖에 없었다.

모든 공판이 끝나고, 국정원장 양종학은 대법원에서 징역 20년에 해당하는 무거운 실형을 선고받았다.

◇ ◆ ◇

총장실에서 이 소식을 전해 받은 박재영은 멍하니 서 있다가, 인터넷을 통해 기사들을 찾아보았다.

손은 클릭을 하고 있지만, 기사는 하나도 눈에 들어오지가 않았다.

그러다가 결국 벌떡 일어서더니, 모니터를 집어 던져버렸다.

"도대체 왜 내 뜻대로 되는 일이 하나도 없는 거야!"

아무리 생각해도 자신의 뜻과는 너무 다르게 돌아가고 있기 때문이었다.

흥분을 가라앉힐 수가 없는 박재영은 각 검사장들을 호출시켰다.

부리나케 달려온 검사장들이 박재영의 앞에서 고양이 앞의 쥐처럼 달달 떨고 섰다.

"앞으로 대선 불법 자금 철저하게 파헤쳐! 승자고 패자고 없어! 똑바로 못했다가는 다들 모가지 날아갈 줄 알아! 알았어?"

박재영은 소리치다가 뒷목을 붙잡고 쓰러지고 말았다.

"총장님!"

"아이고, 총장님! 정신 차리십시오!"

"뭐하고 있는 거야? 119불러! 빨리!"

◇ ◆ ◇

2013년 4월 3일 새벽 2시.

박재영은 잠을 설치다가 대선 불법 자금 특별수사팀의 팀장으로부터 걸려온 전화를 받았다.

"그래?"

요 며칠 잔뜩 굳어 있었던 박재영의 얼굴에 뜻하지 않았던 미소가 활짝 핀 꽃처럼 펼쳐진 순간이었다.

얼마나 좋았던지 전화를 받고는 얼굴의 웃음꽃이 떠나질 않았다.

대선 불법 자금을 수사하는 과정에서 대통령 친인척 비리가 먼저 터진 것이었다.

"김민국의 친형 김민웅이 뇌물수수 및 알선수재에 불법 정치 자금 조달, 부동산실명제 위반이라. 잘했어. 훌륭해."

전화를 끊은 박재영이 혼자 중얼거렸다.

"별꼴을 다 보네. 하여튼 못 배운 놈들이 하는 짓이 다 이렇지."

박재영은 숨을 고르며 흥분을 가라앉힌 뒤 대검차장에게

전화를 걸었다.

"특별팀 전화 받았어?"

[네, 총장님! 전화 받았습니다.]

"야당 대표실로 곧장 알려줘. 그 인간들 두 손 번쩍 들고 만세를 부를 거야."

박재영의 말이 정확하게 맞았다.

김민국이 눈엣가시였던 야당 의원들에게는 만세를 부르고도 남을 엄청난 소식이었다.

다음 날, 아침부터 대형사건이 터졌다.

김민국은 대국민사과를 통해 국민들에게 사죄를 한 뒤 박재영과 독대를 나누었다.

기자들은 밖에서 진을 치고 대기했다.

"총장님. 친인척 비리…… 민정수석이 모든 책임을 지고 사퇴를 결심했습니다."

"민정수석이 왜요?"

박재영은 거만한 눈으로 대통령을 내려다보았다. 네놈 친형이 잘못했으니 네가 책임지고 물러나야지 민정수석이 뭔 잘못이냐는 뜻이었다.

"모두 다 제 불찰입니다."

"하긴, 내 친형이 뒤에서 뭔 짓을 하고 있는지 24시간 따라다닐 수도 없는 노릇이고."

박재영은 말을 멈춘 뒤, 대통령의 굳은 표정을 보며 이 재미난 상황을 즐겼다.

"새정의당 불법 자금보다 10분의 1이 넘으면 정계 은퇴한다고 했죠? 대통령 직을 걸고 국민 모두에게 약속했고요?"

"네. 어떻게 진행되고 있습니까?"

"검찰 공식 브리핑을 통해 밝히겠습니다."

"총장님."

"네, 대통령님."

"검찰 개혁은 반드시 이루어져야 합니다."

"맞습니다."

박재영은 말하면서도 콧방귀를 뀌었다. 어디 이래가지고 잘도 개혁하겠다, 이런 표정이었다.

"총장님."

"네, 대통령님."

잠시 두 사람 사이에 침묵만이 오고 갔다.

"총장님."

김민국이 힘을 주어 박재영을 다시 불렀다.

"네. 말씀하십쇼. 대통령님."

박재영도 또박또박 힘을 주어 대답했다.

"우리 인간은 수천 년을 살아오며 지혜를 가지고 원칙을 만들었습니다. 그 원칙은 모든 이해관계를 포괄해서 가장 공통되는 하나의 이해관계를 기준으로 만든 것입니다."

"네, 그랬군요."

'상고 졸업생이 이제는 나를 가르치려고 드네.'

"그 원칙 중 가장 중요한 것은."

"네."

"정의가 이겨야 한다는 것입니다."

"맞습니다."

"정의가 이기기 위해서는 이 시대를 살아가고 있는 사람들의 마음속에 가치를 존중하고 지향하는 갈망이 있어야 합니다. 총장님의 마음속에는 그 정의감이 있습니까?"

"당연히 있지요. 왜 없겠습니까?"

"일제에 붙었던 사람들, 독재에 줄섰던 사람들이 이 나라의 지도층이고 기득권입니다."

"어허, 저는 친일파 후손 아닙니다. 군부 독재에 맞서 싸운 사람이고요. 저를 그쪽으로 싸잡아 매도하면 서운합니다."

"총장님을 말하는 것이 아닙니다."

"아, 네."

"지금 당장 민정수석이 필요한데 과거가 깨끗한 사람이 없습니다. 제가 다 부끄럽습니다."

"대통령님께서 잘못한 게 뭐가 있겠습니까? 잘못이라면 주변사람 관리에 소홀한 것이 잘못이겠지요. 이번 친인척 비리도 그렇고, 대선 불법 자금도 마찬가지 아니겠습니까?"

"총장님."

"네, 대통령님."

'그만 좀 불러라.'

"대통령의 흠은 그냥 흠이 아니라 이미 범죄입니다."

"그래서 제가 철저하게 수사하고 있습니다. 흠인지, 범죄인지 가릴 건 가려야지요."

"그렇습니다. 제대로 된 나라라면 제대로 수사하고 제대로 처벌받아야 마땅합니다. 지도자가 당당해야 기강을 바로잡을 수가 있으니까요."

"그렇죠."

"하지만 검찰이 필요에 따라 다 덮지 않습니까?"

박재영은 뜨끔했다.

"지금 수사 중인 대선 불법 자금은 그럴 일이 없을 것입니다."

"네. 그래서 제 정치생명을 걸고 약속했습니다. 검찰. 개혁해야 합니다."

박재영이 김민국을 특유의 그 무표정한 얼굴로 바라보았다.

"10분의 1이 넘어 대통령직에서 물러나더라도 검찰 개혁은 끝내고 물러나겠다. 이 말씀이신지요?"

"그렇습니다."

"네, 그렇게 하십쇼. 응원하겠습니다."

박재영은 고개를 설레설레 저으며 자리에서 일어섰다. 도대체 왜 이렇게 검찰 개혁에 목을 매는지 김민국의 입장에서 이해를 할 수가 없었다.

"그럼, 나가보겠습니다."

박재영은 끝까지 예의를 지키는 척, 대통령실을 빠져나왔다.

독대 후, 검찰은 공식브리핑을 통해 청와대를 겨냥한 뇌관을 기어코 터트리고 말았다.

"대선 불법 자금 수사결과를 발표합니다. 새정의당의 김건창 후보 캠프 823억, 자유평화당의 김민국 후보 캠프 113억입니다."

10분의 1이 넘어 버렸다.

검찰 발표 후, 야당 의원들은 재빨리 움직였다.

이렇게 열심히 일을 한 적이 없는 그들이었다.

새정의당의 주도로 야당연합이 김민국의 탄핵소추안을 국회에 제출했다.

하지만 여당이 가만히 지켜보고 있을 리가 없었다. 여당인 자유평화당의 강력한 반대로 탄핵소추안 당일 본회의 상정은 무산되었다.

하지만 또 야당연합이 반드시 탄핵소추안을 통과시키기 위해 국회를 압박했다.

다음 날, 상정을 저지하기 위해 국회의장석을 점거한 자유평화당 의원들과 이를 상정시키려는 야당연합의원들의 격렬한 몸싸움이 일어났다.

말 그대로 아수라장이었다. 서로 치고 박고, 밀고 구르고 대가리가 터지고 코피가 터지는 과정에서 의원들은 옷이 찢어졌고 피를 뒤집어썼다.

새정의당 출신 국회의장이 경호권을 발동해 자유평화당 의원들을 몰아냈다.

나이가 지긋하신 야당의 한 의원이 소리쳤다.

"저 빨갱이 새끼들 다 쫓아내!"

그렇게 대통령 탄핵소추안이 상정되었다.

안건 소개도 없었고, 찬반토론도 생략된 채로 진행되었다.

그리고 그날 오후, 3시.

자유평화당 의원들이 불참한 상태로 193명의 의원들이 찬성해 대통령 탄핵소추안이 가결되었다.

이 과정을 지켜보고 있는 박재영은 팔짱을 낀 채로 남의 집 불구경이라도 보는 것처럼 신이 났고, 인수는 안타까웠지만 지켜볼 수밖에 없었다.

잘못된 부분은 분명 반성을 통해 바로잡혀야 하기 때문이었다.

탄핵소추안이 헌법재판소에 접수되자, 김민국은 대통령으로서의 권한이 정지되었다. 직무에 임할 수 없게 된 것이었다.

◇ ◆ ◇

2달 뒤, 윤철과 유정이 인수의 집을 찾아왔다.

대통령 탄핵소추안에 대한 헌법재판소의 결과발표를 함께 지켜보기 위해서였다.

"인수야. 제발 미래를 말해 줘. 아니라고 말해 줘."

인수가 웃음으로 대답했다.

"어? 아니지? 그 웃음의 의미는 아니라는 거지?"

"아니네."

유정이 인수의 표정을 보며 말했다.

"내가 미래를 어떻게 아냐고."

"에이. 넌 알잖아?"

"몰라."

인수는 어느새 만삭에 가까워진 세영의 배를 보았다.

뉴스는 광화문을 환히 밝힌 촛불 민심을 보도하고 있었다.

한 청년이 우리가 뽑은 대통령을 감히 너희들이 뭔데 끌어내리려 하느냐고 소리쳤다.

여론 조사도 발표되었다.

탄핵소추안의 반대의견은 78.2퍼센트였고, 찬성은 21.5퍼센트에 불과했다.

야당연합이 기대했던 것과는 달리, 국민들의 비난과 분노만이 가득했다.

탄핵소추안을 가결시킨 야당연합은 오히려 역풍을 맞은 것이다.

그리고 마침내 탄핵소추안 기각 결정이 발표되었다.

"야호!"

윤철이 만세를 불렀다.

"뭐가 좋아서 야호야? 우리 아들 놀라잖아?"

"아주 고소하다 이놈들아! 이거나 먹어라!"

유정도 기각 발표에 따른 야당연합 의원들의 똥 씹어 먹은 표정에 대고 주먹을 세우며 소리쳤다.

그러다가 뒤돌아 인수를 보았다.

"덤덤한 거 보니까 이럴 줄 알고 있었다는 표정인데?"

"내가?"

"그래, 너 말이야, 너. 어쩐지 가만히 있더라."

"무슨 말인지 모르겠네. 난 우리 아들에게만 관심 있을 뿐이야."

"피이."

"퍅도."

"진짜야. 이제 곧 울 아들 만나겠네. 민아, 곧 아빠 보자?"

산달이 어느새 성큼 다가와 8월 21일이 출산 예정일이었다.

"속도 후련한데 한잔해야지?"

인수가 소파에서 일어나 냉장고로 향하며 말했다.

"저거 봐. 이제야 진심을 보이네."

"아니. 너희들."

인수가 픽 웃자, 윤철이 진지한 표정으로 인수를 보았다.

"어…… 인수가 검사가 된 뒤로 정말 많은 것이 바뀌고 있는 거 같아. 지금까지 우리가 잡아들인 그 몸통들이 그런 무거운 실형을 받은 적이 대한민국 역사에 한 번이라도 있었나?"

"맞아."

유정이 인수를 향해 엄지 척을 해 주었다.

"너희들이 다 열심히 해 줘서 그렇지 뭐."

"아니야. 너 없으면 우리가 감히 상상이나 할 수 있었겠어?"

"어 맞아. 인수가 있는 한 검찰 개혁은 굳이 하지 않아도 되겠어."

검찰 개혁이라는 말 앞에서 인수의 표정이 무거워졌다.

"그 표정은 뭐야?"

"응? 아니야."

인수가 다시 애써 웃으며 대답을 회피했다.

"또 뭐가 있지? 빨랑 말해."

"뭐가 있어? 없어."

인수는 웃으며 애써 대답을 회피했다. 하지만 인수는 알고 있었다. 김민국의 검찰 개혁은 실패로 끝난다는 것을.

대선 불법 자금에 대한 모든 책임은 당시 선거 캠프를 이끌어 나갔던 김민국의 최측근 문희병이 스스로 독박을 쓰고 감옥에 가는 것으로 끝이 날 것이다.

그리고 박재영이 민정수석 자리에 오르는 것으로 검찰 개혁 또한 타협점을 찾게 될 것이었다.

"있다면……."

인수가 말을 하다가 멈추자, 모두가 인수의 얼굴을 바라보았다.

"앞으로 우리 아들과 딸들이 살아갈 좋은 세상을 위해 열심히 싸워야 한다는 것."

"어 정의를 위해."

"이제는 저런 정치범들 말고 살인마들 잡자. 나 언제 밑으로 데려가 줄 거야?"

"일개 검사가 인사에 개입할 수가 있나."

"아냐. 너라면 가능해. 나 빨랑 데려가 줘."

"총장님께 말해 봐."

인수가 웃으며 잔을 들어 건배를 제안했다.

"그러면 우리 다 같이 총장님을 위해 건배할까? 또 뒷목 붙잡고 있을 거 같은데."

"어 좋아. 박재영 총장님을 위해 건배."

"건배!"

세 사람의 잔이 쨍, 하고 부딪쳤다.

유쾌한 웃음소리가 거실을 가득 채우고 있었다.

그때였다.

"아…… 배가……."

세영이 복통을 호소하자 인수가 깜짝 놀랐다.

"왜 그래?"

"몰라요."

"어 저 녀석 일찍 나오려나 봐."

"이 뚱땡이가! 지금 나오면 어떡하라고!"

인수가 세영의 배에 손을 올린 뒤, 태아의 움직임을 느껴 보았다. 증가했던 움직임은 감소한 상태였다.

하지만 산달이 가까워진 이상, 꾸준한 복통이 지속될 것이었다.

화이트존을 통해 세영의 상태를 살펴보고 싶었지만, 덜컥 겁이 났다. 인슐린 분비가 억제되고 있다면, 그 때처럼 임신 당뇨 증상과 함께 임신중독증이 찾아올 수도 있었다.

당시에는 극심한 스트레스가 주요 원인이었다.

인수는 생각만 해도 아찔했다.

"마음을 편하게 갖고. 일단 쉬어야 돼."

내공만 돌려 따뜻한 기운을 전해 주는 것이 현명한 방법이었다.

"이 녀석. 엄마 아프게 하지 마라."

"음…… 괜찮아지는 거 같아요."

"다행이네. 그래도 병원에 가 보는 게 나을 거 같은데?"

"아니요. 이제 슬슬 복통이 시작되는 거 같아요."

세영이 몸을 일으켜 탁자에서 물러나 소파로 이동해 앉았다.

"저 좀 잠깐만 이렇게 앉아 있을게요."

"얼마든지요."

"뚱땡이."

"응?"

"이따가 니가 이거 다 치워."

"아니에요."

세영이 소파에서 손사래를 쳤다.

"헐. 왜 나야?"

"니가 제일 많이 먹잖아."

"무슨 소리야. 니가 더 먹지."

"이게."

유정이 홱 째려보자, 윤철이 입을 꼭 다물었다.

"네. 많이 처먹는 제가 다 치우고 가겠습니다."

인수가 두 사람이 티격태격 거리는 모습을 보며 웃었다.

"둘이 사귀냐?"

인수의 장난에 유정이 두 눈을 깜박거렸다.

"뭐 그런 식으로 정이 쌓여 가는 거지."

"아니거든?"

유정이 아니라고 못을 박자, 윤철은 일부러 모른 체 딴청을 피웠다. 은근히 즐거웠다.

그러자 유정이 윤철을 위 아래로 훑어보더니, 아무렇지도 않게 말했다.

"나 민식이랑 사겨."

"……."

"……."

인수와 윤철은 할 말을 잃고 말았다.

그리고 그날 윤철은 만취한 상태로 울며 집으로 돌아갔다.

유정이 술에 취해 민식에게 전화를 걸어 데리러 오라고 하자, 민식이 잽싸게 달려왔다.

그런 민식에게 유정이 다정하게 팔짱을 끼었다.

"뚱땡이. 조심히 들어가."

"어……."

유정과 민식을 향해 손을 흔들어 주고, 뒤돌아 걷는 윤철의 곰 같은 어깨가 들썩거리고 있었다.

불어오는 바람까지도 후덥지근한 날에…….

◇ ◆ ◇

다음 날, 인수에게 전화를 걸어온 윤철이 심각한 목소리로 말했다.

[인수야. 내가 지금까지 너한테 어려운 부탁을 한 적이 한 번이라도 있었나? 단 한 번도 없었지?]

"뭔 소리야? 어려운 부탁이야? 곤란한 부탁이야?"

[어 내가 봤을 때는 어려운 부탁이 아니야. 넌 할 수 있어. 난 확신해. 하지만 곤란한 부탁일 거야.]

"그러면 부탁하지 마. 친구를 곤란하게 만들면 쓰나?"

[인수야. 그러지 말고 나 좀 살려 주라. 내가 오죽하면 이러겠냐?]

"왜? 유정이 땜에?"

[응.]

"내가 너희 둘 사이에서 해 줄 수 있는 게 뭐가 있어? 그리고 남녀관계에 제 삼자가 끼어들고 그러면 안 되는 거야."

[아냐. 넌 할 수 있어.]

"내가 뭘?"

[너…… 특별한 힘이 있잖아.]

"대체 뭔 소린지 모르겠네."

[나까지는 속이지 마라.]

윤철의 목소리가 심각했다. 인수가 한동안 말하지 않았다.

"만나서 얘기하자."

[어.]

◇ ◆ ◇

인수는 특별히 윤철이 좋아하는 삼겹살집에서 6인분을 주문한 뒤 세영에게 전화를 걸었다.

"네, 조금 늦을 거 같아요. 아, 회사 일은 아니고요. 윤철이 녀석이 할 말이 있다고 그러네요. 그래요. 일찍 들어가도록 노력할게요."

전화를 끊는 그때, 윤철이 들어와 앞자리에 앉았다.

"우와. 살 빠졌네?"

"놀리냐?"

"진심인데."

"됐어."

"다들 뭐가 됐다는 거야."

"됐고. 내 부탁 들어줄 거야 말 거야?"

"아니, 내가 뭘 어떻게 도와주냐고? 오늘 삼겹살이나 많이 먹고 들어가라. 내가 해 줄 수 있는 게 이거뿐이다."

"나도 돈 있거든? 물론 너한테 받는 월급이지만…… 아, 인수야! 이런 거 말고 제발 나 좀 도와줘."

"거 답답하네. 내가 뭘 어떻게 나서서 도와주냐고? 그 녀석 민식이한테 폭 빠져서, 아니 민식이도 보니까 유정이처럼 특별한 구석이 있는 여자를 좋아하는 거 같고. 어쨌든, 둘이 눈 맞아서 서로 사귄다는데 내가 뭘 어떻게 하냐고?"

"나 죽을 것만 같아."

"하긴 질투도 사랑이긴 하다만…… 근데 너 진짜 유정이 사랑해? 단지 질투심 때문에 괴로운 건 아닌지 잘 생각해 봐. 진짜 사랑해?"

"어."

"흠…… 진짜 사랑하면 그 사람에게 내 눈 하나 빼서 줄 수도 있어야 돼. 너 니 눈 하나 빼서 유정이 줄 수 있어?"

"어."

단 1초의 망설임도 없었다.

"사랑하네. 진짜네."

인수가 팔짱을 끼며 윤철을 보았다.

"단도직입적으로 말할게. 유정이가 날 좋아하도록 유정이의 마음을 바꿔줘."

인수가 팔짱을 낀 채로 두 눈을 깜박거렸다.

"뭔 소리야?"

"인수야. 그러지 마라. 나 다 알고 있거든?"

"후! 그래서 그렇게 유정이 마음을 얻는 게 무슨 의미가 있어?"

인수는 말을 하고도 실수를 했다고 판단했다. 무조건 못한다고 말했어야 했다. 그런 게 어떻게 가능하냐고 말도 안 되는 소리 하지 말라고 했어야 했거늘.

인수는 윤철의 잘못된 생각을 먼저 바로잡아주고 싶었던 것이었다.

역시나 윤철이 인수를 노려보며 소주를 깠다.

그렇게 빈 잔에 소주를 따르며 말했다.

"할 수는 있나 보네?"

콸콸콸.

인수는 무표정한 얼굴로 소주잔에 소주가 채워지는 것을 바라볼 뿐이었다.

지금 윤철의 머릿속은 진실을 멀리 보내고, 헛된 망상과 기대로 가득 차 있기 때문이었다.

"크으!"

그 뒤로 윤철은 아무런 말도 하지 않았다. 그저 고기를 구워 먹고, 소주를 들이키기만 할 뿐이었다.

그렇게 6인분을 후딱 해치우고, 소주도 5병을 넘어갔을 때였다.

"그렇게라도 유정일 갖고 싶어."

"그건 사랑이 아니야."

"내 속이 이렇게 새카맣게 타 들어가고 있는데 뭐가 사랑이 아니야?"

"사랑은 개뿔, 이미 범죄야."

"안 그러면 나 죽을지도 몰라."

"죽긴 왜 죽냐?"

"진짜 죽을 거 같아. 인수야, 나 여기가 너무 아파서 정말 죽을 것만 같다고."

윤철이 풀린 눈으로 인수를 노려보았다.

"뭐야. 왜 그런 눈이야? 지금 뭐하자는 거야?"

"나 죽는다."

"왜 죽냐고?"

"인수 너. 내 부탁 안 들어주면 나 오늘 죽는다."

"이 미친놈이. 확! 때려 줄까 보다."

"빨리 대답해."

"뭘 대답해?"

"들어줄 거야, 말 거야?"

"그래서 들어주면 안 죽고, 안 들어주면 한강물에 뛰어든다는 거야?"

"응."

"그러면 죽어. 난 절대로 그런 부탁 들어줄 수 없어."

"내가 이렇게 사정하는데도?"

"응. 여자 하나 때문에 죽기로 결심했다면 죽어야지. 내가 뭐라고 말할 수 있겠냐."

"나 진짜 죽는다."

"정윤철. 정신 차려라."

"나 죽을 거야."

"그래 가. 그만 먹고 가서 언능 죽어. 이런 놈한테 비싼 삼겹살이랑 소주 사 주는 내 돈도 아깝다."

"그래. 나는 간다. 인수야, 그동안 친구로 지내서 영광이었다. 안녕."

윤철이 비틀거리며 밖으로 나가자, 인수는 화이트존을 통해 윤철의 마음을 확인해 보았다.

'헐, 진심이네.'

윤철은 지금 진짜로 한강물로 뛰어들어 죽으러 가는 길이었다.

인수는 급히 계산을 마치고는 윤철의 뒤를 따랐다.

◇　◆　◇

마포대교.

김영희 기자는 가난에 굶주리고 헐벗은 사람들을 취재하던 중 마포대교를 찾았다.

마포대교는 투신자살 1위 다리라는 불명예를 없애고자

도시안전실장의 지휘 아래 자살 방지 문구 작성 작업이
시작된 상태였다.

김영희 기자는 이를 취재하기 위해 다리 중간에 도착했
다.

늦은 시간이라 작업을 하는 사람들은 이미 다 철수를 했
다.

찰칵.

김영희 기자는 난간에 새겨진 문구들을 카메라로 찍었
다.

-갓 태어난 너희들을 사랑한다-

-오늘은 언젠가 추억이 될 것이고, 당신은 아이들의 손을
쓰다듬으며 들려줄 것입니다. 누구보다 용감하고 결코 포
기하지 않았던 당신의 인생을-

그때였다.

건너편에서 한 뚱뚱한 남자가 난간 위로 발을 올리고 있
는 것이 아닌가!

"어머머! 어떡해! 아저씨!"

김영희가 소리치는 그때 호주머니의 전화기가 울렸다.
하지만 정신이 딴 데 팔려 있으니 알지 못했다.

무단횡단까지 시도해 투신자살을 하려는 남자의 뒤에 겨
우 다다를 수 있었다.

"아저씨!"

김영희가 남자의 바지자락을 붙잡아 당기며 소리쳤다. 하지만 덩치가 워낙 커서 잡아당기기는커녕 오히려 자신이 끌려갔다.

"아저씨! 이러시면 안 돼요!"

"이거 놔!"

"안 돼요!"

"나 죽을 거라고!"

"죽긴 왜 죽어요!"

"놔! 놓으라고!"

"꺅! 이러지 마세요! 한 번만 더 생각해 보세요! 이 문구 안 보여요?"

"이런 말들이 다 무슨 소용이야!"

"아저씨! 제발 이러지 마세요! 꺄악! 꺅!"

윤철이 난간 위로 올린 발을 버둥거리자 그 힘에 이끌린 김영희는 맥없이 흔들렸다.

그러다가 손힘이 빠져 뒤로 벌러덩 넘어지고 말았다.

"에이, 진짜! 아, 아파!"

그때 호주머니에서 전화기가 빠져나왔는데, 여전히 진동이 울리고 전화기의 화면에는 '마녀'라는 이름이 떠올라 있었다.

　서주은은 딸 김영희에게 전화를 계속 걸었지만 받지를 않아 전화기를 책상에 휙 내던졌다.

　"이제는 전화도 안 받네."

　서주은이 혼자 중얼거리다가 한숨을 폭 내뱉었다.

　정서가 불안한 사람처럼 손톱을 물어뜯던 서주은이 다시 전화기를 집어 들고는 어디론가 전화를 걸었다.

　"내일 저녁은 잊어버려. 아, 네 딸이 전화를 안 받는 걸 어쩌라고? 앞으로 이런 일로 전화하지 마. 끊어."

　액정화면이 꺼지기 전, 통화 목록에 남아 있는 이름은 바로 '보스'.

　백학기업 장승철 회장의 사위이자 대한민국 사건 사고의 중심에 서기 시작한 엠비엠의 회장 김명곤이었다.

　그는 백학의 장승철 회장을 비롯한 일명 장 씨들의 눈밖에 완전히 벗어난 인물이며, 서주은은 한때 그의 내연녀였었다.

〈7권에 계속〉